사라지고
있지만
사랑하고
있습니다

我正在消失，
但爱还在继续

[韩]张起众 著

刘雅恩 译

广西师范大学出版社
·桂林·

我正在消失，但爱还在继续
WO ZHENGZAI XIAOSHI DAN AI HAI ZAI JIXU

사라지고 있지만 사랑하고 있습니다
Copyright © 2021 by Ki Jung Chang
All rights reserved.
This Simplified Chinese edition was published in 2023
by Guangxi Normal University Press Group Co., Ltd.
by arrangement with Woongjin Think Big Co., Ltd., Korea
through Rightol Media Limited.
本书中文简体版权经由锐拓传媒取得（copyright@rightol.com）
著作权合同登记号桂图登字：20-2023-015 号

图书在版编目（CIP）数据

　　我正在消失，但爱还在继续 /（韩）张起众著；刘雅恩译. -- 桂林：广西师范大学出版社，2023.4
　　ISBN 978-7-5598-5926-6

　　Ⅰ. ①我… Ⅱ. ①张… ②刘… Ⅲ. ①散文集－韩国－现代 Ⅳ. ①I312.665

　　中国国家版本馆 CIP 数据核字（2023）第 045897 号

广西师范大学出版社出版发行

（广西桂林市五里店路 9 号　邮政编码：541004）
（网址：http://www.bbtpress.com）
出版人：黄轩庄
全国新华书店经销
广西广大印务有限责任公司印刷
（桂林市临桂区秧塘工业园西城大道北侧广西师范大学出版社集团有限公司创意产业园内　邮政编码：541199）
开本：787 mm × 1 092 mm　1/32
印张：9　　　字数：170 千
2023 年 4 月第 1 版　　2023 年 4 月第 1 次印刷
印数：0 001~5 000 册　　定价：59.00 元
如发现印装质量问题，影响阅读，请与出版社发行部门联系调换。

目 录

序言　存在即消失…………i

黑夜中
生活继续

01
良性痴呆症和恶性痴呆症…………3
妈妈的第一部手机…………9
儿媳妇偷走了钱…………13
夜未眠…………19
夜夜故人入梦…………26
无良业主…………32
妻子外遇风波…………37
闲话的凝聚力…………44

我们需要
慢下来

02

所谓慢生活…………53

离别苦直教生死相依…………58

长出千元的聚宝盆…………65

一生挚爱的痛…………71

你爸在家等我…………76

假性抑郁症…………81

天气变暖后我就出院…………86

妻子没事吧？…………93

故障后知后觉…………98

别离
爱依旧

03

灾难反应…………107

朋友，听听我的故事…………114

别离爱依旧…………120

再见，罗宾…………125

妈妈的分离焦虑…………132

妄想与现实之间的感情…………138

像花一样的痴呆症…………144

奔月
旅行

04

是说给我听的吗？……151

说谎也有段位的话……156

××市××洞××公寓……163

孤独死的气味……169

阿尔茨海默病画家的最后表情……174

痴呆症的隐喻法……180

桑巴的女人……186

留在路上的东西……192

心也需要红药水……196

生活没那么糟糕……200

失去的和
留下的

05

希望在西西弗斯的脚下……209

生活之苦超过死亡时……214

偷血的贼……221

没有我的全家福……226

自重的前提是存在感……231

女婿正看着呢……236

老人的口罩…………241

201号的洗澡风波…………244

接受无法接受的事情…………251

用凤仙花染指甲的幸福…………258

失去前遗忘的人…………263

后记　如此耀眼…………269

序言

存在即消失

我是一名精神科医生，专门负责诊治痴呆症。在大众的普遍认知中，一名好的精神科医生的标准是：对人类的深层心理和无意识行为颇有研究，可以帮助患者摆脱抑郁、焦虑和神经质状态。每当我说自己的治疗对象是痴呆症患者时，都会收到对方惊诧的目光，随后又会被追问：

"得老年痴呆的人不是没有思想了嘛，为什么要归精神科医生管？"

其实，我选择照顾痴呆症患者的原因只有一个，那就是作为一种疾病，"痴呆症"有明确的判断标准。一般情况下，可供精神科医生深入揣摩患者内心复杂世界的东西并不多，主要是借助患者的主观叙述。从实习期开始，我在这方面就很不灵光。可痴呆症不一样。痴呆症有别于其他精神问题，可以借助颅脑影像学检查、标准化的认知障碍评估工具进行准确诊断。评估后，患者通常被分为三种状态，即正常、轻度认知障碍和痴呆症。以患者所处的状态为基准，哪怕是要预测十至十五年后的预后和发展结果也不在话下。所有的一切都十分明确。至少对我来说是这样。

不知从什么时候开始，原本隐藏在痴呆症背后的恐惧逐渐膨胀，不仅吞噬了老人，也让年轻人的头顶笼罩了一层阴云。他们对痴呆症深感担忧，只要感觉自己最近总是忘东忘西，就会跑到医院要求接受痴呆症检查。长期服用精神药物的患者每次就诊时都会询问医生，自己服用的药物会不会诱发痴呆症。我有一位患者，对痴呆症的恐惧已经远远超过了焦虑，他曾拿着好几份痴呆症保险商品询问我的意见，让我有些不知所措。

一些出现痴呆症前兆的老人在家属的陪同下到精神科就诊，他们表现出的恐惧更加明显。连自己为什么来医院都没搞清楚，就稀里糊涂地被家属拉来按到诊室的椅子上。他们唯一能做的只有用僵硬的表情拼命压抑即将崩溃的情绪。他们害怕真的发现自己有什么毛病，随即用夸张的话语和行为掩饰内心的恐惧。不仅如此，他们还会观察我的表情，看我是不是相信他们和痴呆症完全没有关系。可是，他们又不敢与我对视太久，回避的视线暴露了他们的畏怯。

　　他们的表情总让我想起一段往事。说不定就是从那时开始，我开始对痴呆症患者望而却步。当时我就读于医科大学，被分配到一家养老院实习。护士带领我和其他实习生一起走进了第一间病房。大学附属医院的患者通常躺在干净宽大的病床上，而这里不同，这里只有直接铺在地板上的褥子，老人们躺在上面。他们没有做任何事情打发无聊的时间，只是微微张着嘴，瞪着眼睛直愣愣地盯着天花板，那种状态就像有一层看不见的套子束缚着他们，让他们动弹不得。每一个老人似乎都有自己的世界。所有世界像一个个平行宇宙，毫无交集。领队的护士告诉我们，这些都是痴呆症患者。

　　"晚期痴呆症患者的问题不单单是记忆力等认识功能障碍，还有所有让人可以称为人的能力全部消失，包括运动能力、语言能力和思考能力。"

　　护士似乎早已对眼前的情景习以为常，他一边向我们说明痴呆症的症状，一边从患者之间走过。其中一位老奶奶直勾勾地盯着我们，看起来对我们这些突然出现的陌生人心存戒备。护士在那位老奶奶身边坐下，向她解释我们到访的目的。我做梦也没想到自己竟然成了需要警惕的

"异类"。我认为和他们保持一定的物理距离可以减轻他们的压力。于是，我向后退了两步，可就在这时，我感觉自己好像踩到了什么东西。在身体失去平衡前，我双腿用力，掉转身形，向后看去。当时的场景，如今依然历历在目。一位晚期痴呆症老奶奶正呆呆地凝视着天花板，而我踩到的正是她那枯枝般的手指。我的心被狠狠抽了一下。我没能感受到一丝人气。我从来不知道，能够感受到有人存在的感觉是那么重要。脚底传来的触感根本不是人的手指，更像是一种毫无反应的无机物。一股凉气顺着我的脊背蹿了上来。那一刻，我和老奶奶完全身处于两个不同的世界。直到最后，我也没能对那位老奶奶说上一句"对不起"，我实在张不开口。

有一种恐惧支配着全人类，那就是对死亡的恐惧。我们虽然存在，但注定会在某个瞬间不复存在。为了克服这种无法改变的必然恐惧，我们拼命寻找死后世界、神仙、灵魂等超自然存在，不断探寻自己留在这个世界上的意义，试图创造"永生"。我认为，人类对痴呆症的恐惧也不例外。隐藏在症状背后的恐惧，究其根源同样是"此时此刻我在这里，但在未来的某一天我就会从这个世界上彻底消失"。因此，这些患者才会在我的诊室里，拼命证明自己还可以和所爱之人生活在一起。

我们要知道,恐惧不是痴呆症患者的唯一情感。除了对病症的恐惧,他们依然生活在我们身边,呼吸着和我们一样的空气。让我们暂且放下恐惧,好好看看他们,不难发现,即使在痴呆症导致他们失去"人性"的过程中,他们仍在努力活下去。

痴呆症患者创造了属于他们的世界,这本书正是要带领大家探索痴呆症世界的意义,让那些我们可能无法理解的行为和误解能够再次与我们的世界产生交集。当然,我从不认为自己光靠看和听就能完全了解他们的世界和他们的内心,但我相信,我的这份努力就像一小块拼图,会将越来越多块拼图慢慢连接在一起,总有一天,这个世界可以与他们的世界和解,我希望用我的微薄之力推动这一天早日到来。他们不是面临死亡的陌生存在,而是和我们一样会哭、会笑、会想念,是一个个活生生的人。

我希望大家在阅读过程中,不要把这本书当作别人的故事,而是由衷接受自己也可能变成其中一员的平凡事实。我们要思考的问题不是如何让痴呆症患者死得体面,而是如何帮助他们更好地生活在我们的世界里。

01

黑夜中
生活继续

良性痴呆症和恶性痴呆症

"得这种病，会往墙上抹屎。""得这种病，整天疑神疑鬼的，动不动就发脾气。""得这种病后，成天不睡觉，一有机会就往外跑，让全家不得安宁。"

以前，如果被问到"什么是痴呆症"，大部分人会给出上面的答案。比起病症本身，人们记住的是罹患痴呆症后整日折磨父母、配偶和朋友的那些失常、怪异的行为。痴呆症会引发一系列变化，除了丧失记忆，还会失去"人性"。因此，痴呆症患者那些令人费解的行为会深深刻在周围人的脑海里。

最近大众对痴呆症的理解已经有了很大改观。普通人被问到关于痴呆症的问题，不会再说"这是一种往墙上抹屎的病"，而会很准确地从医学、认知学、病理学层面定义，如"丧失记忆""认知能力下降"或是"海马体出现问题"。这要得益于近期科普书籍和电视节目对痴呆症的宣传。在实际诊疗过程中，认知功能（记忆力、语言能力、集中力、执行能力、时间定向力和空间定向力等）是否正常是诊断评估痴呆症状轻重的一个重要标准。因此，患者关注的重点往往不是自己的异常行为，而是记忆力等认知症状。但要注意，一旦出现认知功能减退的临床症状，说明患者已经处在总体病程的后期，如今这一点已经成为治疗或社区痴呆症预防活动现场宣传的重点。

痴呆症的复杂在于评估诊断是一回事，治疗看护是另一回事。我见过太多太多到我的诊室里表示自己已经无能为力，准备放弃看护的家属，但迫使家属做出这一抉择的永远不是患者的记忆力问题。患者记不住儿孙的名字也好，忘记自己住在哪里也罢，这些都不足以令家属心态崩溃。患者记不住，家属可以多说几次；找不到路可以拉着他们的手出门。上述这些在家属看护能力范围内的痴呆症症状被称为良性痴呆症状态。在这个阶段，患者没有出现异常精神行为症状（痴呆引发的幻觉、妄想、抑郁、焦虑、四处徘徊等），尚且可以留在家中与家人同住。同样，家属会对患者在自己记忆中的美好形象有所留恋，从而产生一股力量，支撑他们坚持下去。

相反，有些患者的记忆力衰退症状虽然处于初期，但会伴有精神行为症状。这就是所谓的恶性痴呆症状态。在这个阶段，家属会陷入深深的绝望之中。对方是自己的父母，是自己的爱人，曾经的我们无比坚信他们会无条件用爱包容我们，可如今的他们会突然对我们破口大骂，指责我们是偷走他们东西的小偷。明明是在一起住了一辈子的家人，却成了他们口中的陌生人，即使站在他们面前，也只会从他们的眼神中看到只有在陌生人面前才会有的恐惧。没有人可以泰然接受这一切。医学上对此的定义只有八个字，即"痴呆症的精神症状"，可这八个字根本无法承担实际生活中的痛苦。

当然，这不是说痴呆症引发的记忆问题和精神行为症状完全是两回事。认知症状和精神行为症状往往相互混杂，相互影响。两种症状的根本区别在于病程发展。一般情况下，痴呆症是脑部出现退行性变化，导致认知症状恶化，从而使患者丧失日常生活能力。因此，从痴呆症初期到晚期，认知症状会随病程发展逐渐恶化。反观妄想、幻觉、攻击性、四处徘徊等精神行为症状，其恶化集中体现在痴呆症初期到中期，而在痴呆症晚期反而会自然消失。这是因为，精神行为症状会使患者失去原有的"人性"，在失去声音的瞬间，症状也会随之默默消失。自然消失意味着症状不会继续恶化，从某种程度上来说是不幸中的万幸。

问题是，痴呆症初期也可能因为恶性痴呆症状，更确切地说，仅仅是对可能出现恶性痴呆症状这一点的担忧就可以轻而易举地切断痴呆老人与社会的联系。我每天都要面对恶性痴呆症住院患者，看到了太多的恐惧和无助。我很能理解恶性痴呆症状给周围人带来的痛苦和恐慌。可是要知道，不是所有痴呆症患者都会发展成为恶性痴呆症。有些患者表现出来的症状就是可控的良性痴呆症，可以继续与家人同住。另外值得注意的是，认知症状的治疗目的是控制病情进一步发展，而精神行为症状不同，恶性痴呆症有可以靠药物等医学手段调整的领域。也就是说，即使无法治愈痴呆症，也可以让恶性痴呆症逆转为良性痴呆症。

针对不同阶段的痴呆症患者，会有不同的专业人士提供帮助。在尚且可以借助别人的帮助独自生活的阶段，可以选择上门提供照护服务的护士和护工。下一阶段可以到日间照料中心等机构接受康复治疗。到病情发展到需要全面照料的时候，患者可以选择专业疗养机构或医院。这些地方的医生、护士、护工、社会福利工作者都会恪尽职守，为病人提供悉心照料。

在上述过程中，我作为精神科医生的职责是帮助患者和家属摆脱恶性痴呆症状，让他们可以在生活中暂时喘口气。除了对症下药，为患者联系合适的机构或医院，我还会尽可能向家属解释痴呆症状背后的含义。如果家属能够放下心中对痴呆症的盲目恐惧，回想起眼前的挚爱曾经是多么可爱，我相信与痴呆症专家相比，家人一定会成为患者最大的精神支柱。

在照顾痴呆症患者的过程中，我一直把自己想象成救援投手[1]。当然我并不是说自己医术过人，可以拯救这些患者于水火。但我一定会尽自己的所能，先试着帮助患者缓解日益明显的恶性痴呆症状，然后让周围人理解他们的"怪异"举动。救援投手不会终结比赛，但是可以带领队伍走出危机，让其他球员继续比赛。我之所以一直讲患者的故事，就是希望可以缓解恶性痴呆症状，尽可能让患

---

1 救援投手：棒球用语，终结者（Closer）的旧称，在比赛进入胶着状态时接替先发投手，担负最后一局把关的重要任务。——译者注

者生活得舒适,发现患者那些隐藏在病情背后的情绪和人性,引导患者与我们沟通。为了让家属和社会与我们站在同一战线,我甘愿做一粒火种。

妈妈的第一部手机

那些总是闹得整个病房鸡犬不宁的恶性痴呆症患者是医疗组会议的讨论重点，所以主治医生自然也会很快熟知病人的情况。相反，那些不爱说话、总是安安静静的老人很少会通过行为暴露问题，要了解他们就需要多花一些时间。我们医院就有一位特别安静的老奶奶，应该是天性使然。她住院的原因是痴呆症导致的焦虑症。焦虑症有所缓解后，老人依旧很少说话，不得已和医护人员说话的时候，也总是一副非常小心翼翼的样子。我虽然是她的主治医生，但对她的情况不是完全了解。后来还是在和老人的子女了解情况时，第一次听说了关于手机的故事。在这个故事里，我也不知不觉把自己当成了老人的孩子。

老人不止一个孩子，但没有一个人意识到老人没有手机。以前，无论他们什么时候往家里打电话，永远可以在电话响起第三声提示音前听到母亲的声音。她就像家里的老式座机，永远等候在那里。如今这个时代，所有人都在用手机看发生在世界各地的新闻，用手机结账、点外卖，只有母亲的时间是静止的。在患痴呆症前，她的一天非常简单。超市或菜市场是她去过最远的地方。她不会开车，也没有常见面的朋友。她就像一棵深深扎根于土壤里的大树，在自己的位置上默默地守护着家人。直到她因为痴呆症住进医院，几个孩子才发现自己根本没有方法联系母亲。

住院后，因为老人不喜欢使用医院的电话，子女便给她买了一部手机。她不愿麻烦别人，每次护士来找她接电话，都会让她觉得特别过意不去。做子女的虽然想知道母亲在医院的情况，但无法随时联系，只能干着急，最后只好安慰自己，母亲一切安好。

其实还有一点是他们没有注意到的。那就是在他们眼里再平常不过的事情，对于老人来说都可能难于登天。新手机是老年人常用的机型，操作也十分简便，可以看出子女是花了心思的。但对老人来说，这并不是一个简单易学的事物。几个孩子依次保存了自己的号码，还为方便母亲拨打电话设置了快捷键。可事实上，老人连为什么要按电话键这件事都搞不明白。几个人教来教去，还是没能让她成功拨出电话。医生解释说，这在医学上被称为"老年痴呆失用症"（指虽然没有运动障碍或感觉障碍，但依然很难完成熟知或意向行为的症状），可子女并不认同。他们不觉得是痴呆症让老人变成了这样，而是老人原本就是这样，傻里傻气，不能接受新鲜事物。

做子女的并不是什么都知道。他们觉得老人的手机一点用场也派不上，可对老人来说手机却有不为人知的大用处。打电话、按数字键或者充电可能很难，但只要打开手机，就能看见背景画面里自己与儿女、孙子孙女的合照。她最喜欢的就是几个孩子特意挂在手机上的照片手机链，里面放的是孩子们小时候的照片。在老人眼中，手机是一个小相册。

人生没有正确答案，我们不会因为找不到答案就搞砸人生或是误入歧途。我们要做的就是继续走下去。一开始可能完全出乎我们的想象，但走着走着就会发现，我们脚下走出了一条路。在子女眼中，无法打电话的手机就是"废物"，可老人却把它当作装满珍贵回忆的相册。老人自己也一样。痴呆症使她和以前判若两人，但并不是说她就变成了其他人。她还是那个会想念、会思念孩子的母亲。虽然不能通过电话、声音相互联系,但挂在手机上的照片手机链依然把母亲和孩子紧紧地连接在一起。老人在用心与孩子沟通。

儿媳妇偷走了钱

我小时候，流行玩"打橡皮"游戏。玩法是用手指弹橡皮，只要把自己的橡皮弹到对方的橡皮上面就赢了，获胜一方可以拿走对方的橡皮。每到课间，班里的同学就会三三两两聚在一起玩这个游戏。我也不例外，每个课间都沉迷在"打橡皮"的世界里，最终得到了满满一铅笔盒的橡皮。但由于长时间不使用那些橡皮，每次打开铅笔盒，都会被里面的味道呛到。

某天午休，我从操场回到教室，突然发现自己的铅笔盒空了。有人偷走了我的橡皮。

那之后才是问题真正的开始。我把午休时间比我先回到教室或是没出过教室的同学都列为怀疑对象，反复琢磨他们偷橡皮的可能性。"每次我赢橡皮，这家伙都羡慕得不行。""那家伙最近输了很多橡皮，意见大得很……"每个人在我眼中都有嫌疑,可又不能问,简直要把我憋出毛病了。时间久了,我不再执着于那些橡皮,满脑子只剩下一个问题,那就是"谁偷走了我的橡皮"。怀疑和愤怒折磨了我很长一段时间。每次遇到被窃妄想症患者就诊,我都会不自觉地想起当时的心情。

"她肯定是偷偷拿回自己娘家了。"

我的诊所里来了一位痴呆症患者,一口咬定儿媳妇偷了自己的钱。老奶奶气呼呼地坐在那里,她的儿子则满脸无奈地坐在一旁。儿子会给老人零花钱,老人有好几次找不到这笔钱,就开始怀疑是被儿媳妇偷去了。后来,她的关注点不再是找钱这件事,而是把矛头转向了"偷钱"的儿媳妇,开始向儿媳妇发泄自己的愤怒。

一般人发现物品或钱财不见,会先考虑是不是自己记错了地方。但老年痴呆症患者不同,他们不管东西是不是真的丢了,只会一口咬定自己的东西被偷,从而变得焦虑,这种症状被称为"被窃妄想症"。被窃妄想症是老年人罹患痴呆症后最常见的妄想症状之一,发病初期也会出现这种症状,因此有很多患者会因为这一症状到医院接受检查。被窃妄想症会进一步演变成"被害妄想症",怀疑有人闯入自己家中,甚至还会怀疑亲人、护工等自己身边的人,向他们大发脾气。

痴呆症会引发记忆力减退,自然容易丢钱、丢存折、丢其他东西。问题是患者为什么不认为是自己弄丢了物品,而是坚信被偷了呢?大脑运作复杂、巧妙,我们对脑部功能的了解尚不完全,但只要理解受到威胁时自动启动的心理防御机制,就能对痴呆老人的被窃妄想症略知一二。

这是一种否认方式。"否认"属于人体防御机制,因为不愿承认痛苦或难以接受的情况而忍受痛苦和焦虑。每个人都应该有过打心底里想要逃避不安现状的经历。但是,老年痴呆症患者感受到的焦虑和痛苦与普通人感受到的有很大区别。他们的焦虑不亚于临终之人的。来自瑞士的精神病学家伊丽莎白·库伯勒·罗斯曾对癌症患者和生命进入倒计时的患者进行观察,将其心理反应分为五个阶段(否认现实—愤怒—协商—抑郁—接受),这里最先表现出的人类本能也是否认现实。"否认"严重影响着癌症患者和临终阶段患者,他们坚信自己没有任何问题,因此拒绝配合院方治疗。在我看来,老年痴呆症患者显露的症状已经超越了因为否认现实或压力而对现实进行回避,他们释放的强烈反应是一种无意识的焦虑和悲伤，源自对自己逐渐消失的丧失感。

否认防御机制对老年痴呆症患者来说并不罕见。老年抑郁症等假性痴呆和真性痴呆有相似之处，区别二者的方法之一是确认患者有没有"我不知道"反应。老年人罹患抑郁症后记忆力减退，会担心自己的记忆力大不如前。相反，罹患痴呆症的老人并不会产生这样的担忧。他们会冷漠地看着向自己提问的人，仿佛在说"我什么毛病也没有，我什么也不知道"，从而让提问者陷入难堪的境地。之所以会出现这种情况，就是因为现实否认防御机制对他们的内心产生了影响。

痴呆症是一种会让一个人逐渐失去自我的疾病。患者失去的不只是记忆，还有能力、选择、自由、希望、受人尊重等生活中最重要的东西，就像汹涌的波涛卷走一切。患者虽然极力想要否认自己正在发生改变的事实，但越是抑制这份不安感，源自不安的恐惧和悲伤就会越发强烈。临床心理学家阿伦·贝克称，引发焦虑和悲伤的情绪结构会加强危险机警反应的认知信号，使得当事人产生一种强烈的错觉，认为某些东西的价值正在消失。也许正是这种错觉的逐渐膨胀，才会继而引发被窃妄想。

至于妄想被窃的对象，可能是钱、存折，也可能是大米。即使家人反复解释没有丢任何东西，但患者依然认为有价值的东西消失了，而且这种恐惧并不会得到任何缓解，因为这种恐惧并非来自东西不见，而是在失去的焦虑和悲伤之中产生的执念。痴呆症患者为了否认现实，会在心里编造另一番说辞说服自己。换句话说，他们不是不记得没有丢东西，而是这种基于情感的错觉让他们打心底里相信确实是有人偷走了自己的东西。只有活在这份执念里，他们才不会再受伤，才可以说服自己接受心中那些扭曲的愤怒、焦虑和悲伤。

当然，被窃妄想症不是单纯的心理问题。追根溯源，之所以出现被窃妄想症，是因为痴呆症导致大脑认知能力下降，进而丧失了解读现实的能力。除了视力下降、嗅觉失灵或听力下降等症状容易引发老年痴呆症患者的被窃妄想症，分不清现实与过去同样是被窃妄想症的诱因之一。老年痴呆症患者会去寻找那些现在不存在，但在过去对自己十分重要的东西，找不到就会坚信是东西丢了。有的时候，患者还会搞不清自己当前所处的空间。入住疗养院的痴呆老人如果十分想家，就会错把疗养院当成自己的家，然后在疗养院四处寻找家里的东西。

因为找不到财物或认为有人偷了自己的东西，老年痴呆症患者会产生严重的焦虑。面对这种情况，周围人的焦点通常放在财物上。他们可能会说："找到东西不就行了。把东西放在显眼的地方，这样就不会再丢了。"话虽如此，但对于被窃妄想症患者来说，我们要注意的是他们认为自己东西"被偷"后的反应。老年痴呆症患者不仅会注意有人偷自己东西这件事，还会特别留心周围人的反应。简单来说就是周围人如何接受这件事。因为无论如何否认，他们还是能够隐约感觉到心中产生了某种让自己感到恐惧的未知变化，他们要确认不是这种变化导致了当前的情形。这个过程还可以让他们臆想出来的情况与现实世界合二为一，完美融合。另一种以妄想为主要病症的疾病是精神分裂症，但此类患者很少出现被窃妄想症。痴呆症患者，或者再具体一点，患者认知功能尚且完好的良性痴呆症初期之所以多伴发被窃妄想症，或许是初次经历此病的自己与现实让他们心中充满了恐惧和悲伤吧。他们被偷的不是物品，而是物品中承载的只有自己熟悉的平凡世界。

夜未眠

我们这里有一位年过八旬的痴呆症患者。一直以来，老奶奶的病情较为稳定，她的儿子也很少向我们诉苦。但就在某一天，老人的儿子心急火燎地申请咨询：

"我妈晚上不睡觉。疗养院的医生现在也无计可施，说是再这样下去就不让我妈住了。"

我们深知老人儿子的不易。他白天要上班，没有时间照顾老人，新的疗养院也不是说找就能找到的。每天晚上，整个疗养院都会被老人闹得不得安睡，做儿子的有怨言，但也为自己无法照顾母亲而感到自责。与愁眉不展的儿子不同，老人的亲戚们对此倒不以为意：

"不是我说，哪个老年痴呆不折腾人啊。她不睡觉就不睡呗，你跟着急什么急？现在的安眠药都挺管用的，给她吃点不就行了，用不着那么担心。"

真的是这样吗？这真的是吃安眠药就可以解决的问题吗？失眠症是一种非常普遍的问题，男女老少都可能受失眠困扰。特别是随着年龄增长，睡眠时间会自然缩短，具体来说就是，深睡眠时间减少、浅睡眠时间增加。有医学研究显示，九十岁以上的老人深睡眠消失。因此，老年人经常出现睡眠过程中容易醒，醒来后很难再次入睡的情况，白天也不例外。疲惫感让老人瞌睡连连，可一点轻微响动都会吵醒他们。

一般情况下，失眠症状持续一周便会达到人体极限，需要就医。医生问诊后，会利用多导睡眠监测（PSG）找出失眠的精神及生理原因，并进一步了解患者个人的睡眠卫生情况，最后再通过睡眠卫生教育矫正失眠原因，必要时辅以药物治疗，也就是安眠药。通过上述治疗过程，短则一周，长则一个月，失眠症状就会得到有效缓解。值得注意的是，这里指的是普通失眠症，痴呆症患者的失眠症与此截然不同。严格来说，失眠对于恶性痴呆症患者来说是一种行为障碍。

有这样一位老爷爷，已经年过七旬，几年前被诊断为痴呆症。起初是与家人同住，但最终还是没能逃脱住院的命运。住院前，老人听取周围人的建议，白天到日间照料中心活动，晚上与家人一起运动、散步，尽可能让身体动起来，病情控制得很不错。但是，就在几个月前，一次意外摔倒改变了老人的生活。老人夜间去卫生间小便，没想到一脚没走稳摔倒在地。全身上下的骨头早已因骨质疏松变得脆弱不堪，这一摔直接导致他大腿骨骨折。虽然手术后并无大碍，但一个月的卧床恢复期足以让老人的睡眠习惯发生改变。术后不能像从前一样自由活动是一方面，另一方面是老人为了缓解疼痛服用了大量止疼药，白天卧床时间增多，自然导致夜间醒来的次数越来越多。

不知从什么时候开始，老人会在半夜醒来声嘶力竭地寻找离世的妻子，或是天不亮就叫醒熟睡的子女给自己做饭，一旦需求未被满足就会大发雷霆，甚至恶语相加。老人与家人的争吵成了每天晚上的"固定节目"。这种情况并没有随着老人骨折康复有所好转，反而愈演愈烈。再也无法忍受这一切的家人最终将老人送进了医院。

然而，问题并没有就此终结。事情发生在老人住院的第一天，当时已经过了熄灯时间一两个小时，本应熟睡的老人却悄悄起身，爬上了对面的病床。他挤到对床鼾声如雷的老爷爷身边躺下，开始轻抚对方的身体，最后甚至用两条胳膊死死地抱住对方。感觉到异样的对床老人大喊着从床上站起来，随即便是破口大骂。睡到半夜突然被一个陌生人拥入怀中，任谁都说不出好听的话。骚乱引来了护士和护工，一群人冲进病房打开灯，看到的是一个怒火中烧、歇斯底里的老人，和一个蜷缩在地板上，瑟瑟发抖的老人。

有些人将这一现象归结为老年人因认知功能障碍表现出的极端性需求。可事实上，这是失眠引发的症状。如果说普通失眠症的症状是昼夜入睡困难，那么痴呆症患者一旦出现睡眠障碍，最大的特点就是日夜颠倒。因为这种失眠并非由自身抑郁、焦躁或自然衰老引发，而是痴呆导致大脑负责生理周期的视交叉上核发生退行性变化，从而出现上述情景。

值得注意的是，这里所谓的日夜颠倒不单指时间。痴呆症患者的认知功能和定向力（正确认知自身当前所处情况的能力，特别是对时间、地点、人物的认知）会在入夜后进一步退化，因此这种现象又被称为"日落综合征"或"夜间定向力障碍现象"。白天瞌睡连连的老人一到晚上就"来了精神"，思维比白天更加混乱，情绪十分焦躁，严重影响家人的生活。例如，有些老人会在睡眠过程中突然惊醒，分不清梦境和现实，从而做出出格举动，或是昼夜不分，大半夜就要出门。还有些老人不知道自己身处何地，也不记得身边的人。更有甚者会把护士或其他病人误认为故人或者梦中见过的人。

那些整晚睡不着觉的老人，心里在想些什么呢？他们到底抱着怎样的心情四处徘徊？脑海里又会涌现出什么记忆呢？白天的他们，不是整日呆坐在电视机前，就是紧闭双眼无力地蜷缩在房间一角，时间对他们来说毫无意义。直到夜幕降临，他们的世界仿佛折叠到了另一个时空。他们会四处游荡，寻找自己能够想起的每一个人，没有一丝倦意。白天如同行尸走肉的他们要在夜的笼罩下将自己燃尽。

每天晚上，没有人，也没有事情让他们感知自我。一个人也没有。他们甚至没有意识到夜晚结束就会迎来黎明。时间对于他们来说是完全静止的。

万籁俱寂的夜晚一点也不浪漫，只剩寂寞。你见过漆黑夜幕下，茫茫大海上卷起的黑风巨浪吗？那种黑暗的压迫感令人窒息。老年痴呆症患者独处于黑夜之中，他们心底的恐惧所带来的压迫感有过之而无不及。为了死死抓住他们与世界相通的感觉，他们极力寻找他人，这是避免丧失自我的生存本能。

2016年，我的父亲因突发中风而被送进重症监护室，右脑三分之二受损,情况十分危急。医生告诉我,严重的脑水肿导致我父亲出现谵妄(意识障碍加上对时间、地点、人的认知功能下降而陷入混乱的现象)症状,当下的精神状态十分混乱。父亲在鬼门关走了一遭,总算脱离了危险。后来,他给我讲了一个完全不一样故事。他说看到了护士和医生在自己面前走来走去,却像是处于两个分离的世界。他知道如果不让他们看见自己,就相当于给自己判了死刑。从那一刻,父亲开始扯开喉咙大声叫喊。在周围人看来,这不过是谵妄症状,但对于父亲来说,这是他向外界求救的呐喊,是想要抓住与现实世界最后一丝联系的殊死搏斗。

正因如此,如果出现了恶性痴呆症引发的失眠,一定要避免夜晚的黑暗。很多家属认为幽暗环境有助于睡眠,但把患者一个人留在没有灯光的黑暗环境中,只会加重症状。尤其要注意患者从梦中醒来,重新回到现实世界的瞬间。医学研究显示,患者从"做梦的睡眠状态",即快速动眼期醒来时,经常会诱发夜间昏迷。为了帮助患者分清现实,可以开一盏灯,把灯光调暗,还可以在患者身边放一张他们心爱之人的照片。还有一点值得注意,恶性痴呆症引发的失眠症状进程快,容易导致其他恶性痴呆症状出现，条件允许的话，可以考虑尽早接受药物治疗。当然，不能只吃单纯让患者睡觉的睡眠诱导剂。只有睡眠诱导作用的普通安眠药经常会让患者的思维更加混乱，继而加重失眠问题。用药的核心应该是缓解患者的混乱、恐惧和焦虑。以此为切入点，少量用药，一段时间后就能缓解患者的失眠问题。

前文提到的年过七旬的痴呆老人在一系列治疗后，睡眠时间逐渐得到延长。虽然不是所有怪异行为全部消失，但他不再是人人避之不及的"变态患者"，白天出现的一系列怪异行为也都在周围人可接受的范围之内。老人逐渐适应了医院生活。在一次会诊过程中，我看到了老人半开的抽屉里有一张老照片，大概是子女给他放的吧。照片里，老人羞涩地牵着妻子的手。看着在照片里他僵硬的站姿，我猜他应该是个腼腆的人，不善于向妻子表达爱意。即便如此，老人还是紧紧地牵着妻子的手。他在暗无天日的恐惧中不想放下的"那个东西"，就在照片里。

夜夜故人入梦

"老有死人来找我。"

老奶奶像是在回忆梦境,暂时闭上了眼睛,然后调整好呼吸,继续讲起了她的故事。老人患抑郁症和痴呆症多年,定期找我复诊,但从未提起过她的梦,这是第一次。

"死去多年的舅舅、顺礼姐,还有住在邻村的英姬,他们总想带我走。我不害怕。以前我会极力挣扎,大声告诉他们'我不去',然后从梦中惊醒。可最近不一样了,我会笑着跟他们走。这两天连我妈都来找我了,她紧紧地拉着我的手,走过曲曲折折的山路,越过高山,跨过溪流,我觉得我的两条腿就像灌了铅,好累啊。我说自己太累了,不想走了,我妈就回头对我笑,我还是第一次感觉妈妈的笑是那么温暖。她点点头,说还会来找我,这次就先回去了。死人排着队来找我,看来我也没剩几天喽。"

老人上年纪后,总是嘟囔着希望自己能够体面地快点离开这个世界,在聊起自己梦境那天,她的表情尤为暗淡。患者反复做同一个梦时,精神科医生自然会关注梦境的潜意识象征和解释。但看着面前的老人,我不禁想:"老人家会不会真的要去世了?"其实,老人只是痴呆症初期,身体也没有什么不适。可我还是不自觉地产生了这种担忧。抱有同样心理的还有家属。我的心情变得十分复杂。有一个问题不停在我头脑里打转,那就是,她的梦到底要表达什么呢?

处于痴呆症初期的老人特别热衷讲述自己的梦。其中最常见的内容就是去世的老伴、亲戚或父母回来找自己。当然,年轻人或健康的老人也会做这种梦。但这种梦主要源自暂时性严重焦虑,或者对逝者的深深自责、想念、抑郁等情感,抑或是象征生活中的重大变化。看似内容相同,但对于老年痴呆症患者来说,他们在梦中的感觉却与其他人在梦中的感觉有着些许不同。一般人梦见死人,会产生恐惧、愤怒等强烈情感。但老人的表情看起来十分木讷,虽然嘴上说着那些人一直在梦里抓自己,但其实并不害怕。

另外，初期痴呆症继续发展，进入认知现实能力低下的中期阶段后，梦就会转变为幻觉，患者误认为去世的父母及其他家人出现在自己面前。换句话说，老年痴呆症患者的梦会影响接下来出现的症状。这是我注重老年痴呆症患者梦境的另一个原因，我认为有必要深入了解。

从近期发表的痴呆症患者梦境研究报告可以看出，与梦境内容本身相比，大部分研究重点在与梦境密切相关的快速动眼期的变化对痴呆症产生的影响。特别是关于痴呆症与做梦之间的关系，有梦境扮演行为等快速动眼期睡眠行为障碍的患者更容易患痴呆症（特别是路易氏体型失智症或帕金森病）。另一个关于痴呆症与做梦关系研究的主要课题是，梦境的真实程度和是否记得做梦内容对罹患痴呆症的影响。

但是很可惜，我没能从中找到想要的答案。我思索了很久，后来突然想到，似乎在哪里经常听到"逝者来找自己的梦"。更重要的是，讲这些故事的人表情和我诊室里那些痴呆老人的表情重叠在了一起。

突然出现在我脑海里的地方是癌症住院部。当时我去癌症住院部会诊，目的是帮助那些时日不多的癌症晚期患者缓解失眠或谵妄症状。和有谵妄症状的癌症晚期患者交流并不是一件容易的事情,唯一能够聊下去的话题就是梦。那些癌症晚期患者的梦境千奇百怪,有自我安慰的梦,如暂时摆脱疼痛,在蓝天上翱翔;或是回到儿时,在故乡的小山坡上嬉闹。还有被对死亡的恐惧支配的梦,如独自站在漆黑一片的雨中,被恐惧感吞噬。而其中最常见的梦就是早已去世的父母或配偶找到自己,拉着他们到处走。有一位患者的经历更加离奇,他从梦中惊醒后,竟然看见去世的母亲就站在身边,还摸着他的头说:"跟我走了这么久,累了吧。"

在缓和医疗[1]中,这种现象被称为"ELDVs"(End of Life Dreams and Visions),即那些面临死亡的患者对自身梦境和幻觉的经历。最常见的濒死体验是当事人在停止呼吸前,感觉有光照向自己,或是自己走过一段长长的隧道。但ELDVs现象不同,这不是在心脏停止前出现的症状,而是在一步步走向死亡的过程中体验到的梦境与幻觉。这既不是生病状态,也不是谵妄导致的混乱。我们会在死亡的过程中产生ELDVs现象。那么,人为什么会出现ELDVs现象呢?正是这位患有老年痴呆症的老奶奶的

---

1 缓和医疗:Palliative Care,又被称为"姑息医疗""舒缓医疗"等。经早期鉴定后,通过关于身体、心理或精神方面的疼痛和其他问题的正确评估和治疗,预防和缓解痛苦,为患者及家人提供最优生活质量。——译者注

梦让我对这个问题有了头绪。

2014年,《缓和医疗杂志》刊登了一篇有趣的论文。纽约奇克托瓦加中心的克里斯多夫博士以布法罗临终关怀中心的五十九名患者为对象,进行了ELDVs现象调查。五十九名患者中,有ELDVs经历者达到88%,其中46%梦到的是已经去世的家人或亲戚朋友,39%则梦到自己在某个地方游荡或是正要去某个地方。参与该项研究的贝利(八十八岁)在去世前二十八天,梦见自己驱车来到一个完全陌生的地方,还听到母亲跟自己说:"一切都会好起来的。你是我最乖的儿子。我爱你。"另一位患者黛安娜(七十一岁)在去世前三十八天,梦见了去世的母亲和照看自己的姐姐,听见她们对自己说:"记住我教你的。"而这个声音让她感觉很安心。克里斯多夫博士认为,患者在ELDVs过程中摆脱了对死亡的恐惧,而这正是他们接受死亡、获得安息的过程。在梦里,他们重新感受到了那些早已被遗忘的无私的爱,在梦中故人面前,他们再次变得如此珍贵。正因如此,他们在走向死亡的过程中得到了安慰。

痴呆症和死亡都是逐步失去自我的过程。那些痴呆症患者依然在我们身边吃饭、睡觉、说话,这让我们忽略了死亡的存在。但对于罹患痴呆症的患者来说，这是一个截然相反的大问题。特别是在痴呆症初期，患者的认知尚存，可以清楚地感觉到自己的变化。换句话说，他们是眼睁睁地看着自己"变成了一个完全不认识的陌生人"。由此产生的恐惧感绝不亚于对死亡的恐惧。所以他们需要安慰。面对他们极力想要否认却一点点从眼前消失的现实，安慰成了他们的必备品。可这种东西是身边人不能给予的。因为身边人怜悯的眼神只会一遍遍提醒他们，他们正在消失。

为了满足自己的需求，他们会把已经不在身边的心爱之人叫到梦中，通过他们确认自己还没有消失。故人会用温柔的声音安慰他们，陪伴在他们左右，漫无目的地四处游走。从故人身上，他们找到了自己还活着的证据，记忆中他们对自己无私的爱温暖了此刻的自己。老人每天晚上可能就是通过这种方式救赎自己的。她像往常一样打扮优雅地走进我的诊室，坐在椅子上。

我问她："老人家，今天又做了什么梦啊？"

"啊，老有死人来找我啊。"

无良业主

"你来干吗?"

我在病房会诊时,一位老奶奶对我怒目圆睁,恶狠狠地瞪着我。

"您好,今天感觉怎么样?"

我表面强装镇定,心里却紧张极了。老人今天的眼神格外凶狠。我现在笑着走过去,无疑是火上浇油。思来想去,我决定把老人的会诊顺序调到最后一个,于是从她面前走了过去。即便如此,等我从其他病房出来时,我看到老人依然死死地盯着我。在凶狠的怒视中,我不由自主地加快了脚步。一起会诊的同僚似乎也发现了这件事,大概是看出了我的窘态,护士把老人扶回了病房。可没一会儿工夫,她又不声不响地走出病房,在走廊里监视着我的一举一动。

我从其他患者的口中得知,老人把我称作"无良业主"。在她看来,我做事极其蛮横。她刚住院的时候,脾气暴躁,我就把她安排到了单间。从洗漱到吃饭,明知她不愿意,我还是坚持事事插手。她想躺下来休息,可无论什么时候见到她,我都会让她起来活动,拼命催她到人多的地方,和其他人待在一起,剥夺了她休息的自由。首先,从我的立场来说,患者有明显的自残倾向,或者情绪极其不稳定时,我要尽可能为其提供一个相对安稳的环境,好让患者平静下来。为此,住院初期会安排单间,也就是安定室进行隔离治疗。其次,患者成天躺在床上,缺乏活力,会进一步加重记忆衰退,影响病情好转。只有吃好、睡好才能有力气对抗各种病魔。所以,精神科最基本的住院治疗方法就是帮助患者找到积极的生活模式。当然,在上述过程中,患者很容易对精神科治疗产生误会,并因此消极对待治疗。我没有考虑老人的心情,只是一味地按照自己的原则公事公办,或许她的怒火正是对我工作"疏忽"的一种惩罚。

老人觉得自己有义务监视我。因为她要看看这个无良业主有没有随便使唤其他人,是不是又在为难别人,或者又用漠视的态度、伤人的话语折磨和自己处于同一处境的可怜人。所以只要我一出现,她的眼睛就不会从我的身上移开。她不知道我这个无良业主又会做出什么坏事来。有一点我倒是要感谢老人,至少她没有在我面前骂过我,或是跑来扯我的头发。

"走啦?"

查完其他病房,最后只剩下老人了。她看起来并不想和我多说什么,问题相当干脆利落。我知道她是在赶我走。但我不能认输,作为她的主治医生,我鼓起了勇气。

"老人家,没有不舒服吧?昨晚睡得好吗?"

"快走!"

好吧,趁着老人发脾气前,我识趣地离开了病房。其他同僚没有看出我是从老人面前灰溜溜逃跑的,算是守住了体面,我很欣慰。我想老人看见我这个无良业主走了也该安心了,至少今天所有人都能够舒舒服服地过上一天。

我怎么会成为老人心中的恶人呢?老人年轻时是名副其实的"拼命三娘",靠着一份小公司保洁员的工作把几个孩子拉扯大。她不是那种泼辣的女子。在子女的记忆里,她是一个内向、安静、从不喊累的韩国传统母亲。做着辛苦的保洁工作，却从来没有表露过自己内心的想法，我能想象她肯定有很多伤心委屈。痴呆症恶化后，老人把自己的孩子当作指使她干累活的坏人，惶惶不可终日。她一边看子女的脸色，一边像做保洁工作一样，徒手擦遍房间的每个角落。

从症状来看，这可能是痴呆导致的幻觉，也可能是错误妄想。"不是这样""小心点""这个洗干净些"……说不定指使她干这干那的子女也瞬间成了她口中的无良业主。原本谨小慎微的老人受痴呆症影响变得更加焦虑不安，像过去一样不断重复做别人指使自己做的工作。每每被痴呆症扰乱了心智，老人就又回到了她为了照顾家而忍辱负重的痛苦时期。

老人住院后，"无良业主"这个头衔就从她的子女身上转移到了我的头上。我想，来到一个完全陌生的地方，每天要和不认识的人打交道，老人心中的恐惧、苦恼、厌烦的情绪一定交织在一起，越滚越大。如此沉重的情感不可能都放在心里，她需要一个发泄的对象。

如果非要找出老人住院后的一个变化，那就是在医院里，她不再像以前那样处处谨小慎微，看别人的眼色过活。她不再是那个听从"恶人"指使打扫卫生的打工人，而是敢于向恶人怒吼，保护弱小群体的守护者。以前迫于现实，不得不忍气吞声，心也因此遍体鳞伤，变得脆弱不堪。现在，她敢当面教训恶人，心中的怨念也多少得到了释放。和以前的生活相比，罹患痴呆症可能要更加悲剧，但现在的老人正是在新的现实里发现了伟大而自信的自己，不是吗？

"老人家，您要喝这个吗？"

我从衣兜里掏出两袋速溶咖啡递了过去。这是我向老人"求和的贿赂"。我以为老人誓要严惩恶人，绝对不会动摇。可没想到她一把抢走了速溶咖啡。正义是一回事，现实又是一回事。不过，她可是一个坚守原则的人。要是因为这点小恩小惠就原谅了恶人，还怎么当正义英雄呢？

"快走！"

老人铿锵有力的声音预示着我的贿赂作战失败。说不定我现在在老人心中的形象不仅是无良业主，还是一个行贿的坏人。就让我把这个坏人一直当下去吧。

妻子外遇风波

上午门诊时间，医院候诊室发生了一场骚乱。老爷爷浑厚的声音和医院员工安抚的声音乱成一团。一位年过七旬的老爷爷生气地挥舞着自己的拐杖。

"你们懂个屁，干吗把我带到这来！"

老人从一年前开始怀疑妻子对自己不忠。起初还只是查一查妻子去了哪里，或是旁敲侧击地询问妻子和谁见面。但不知从什么时候开始，老人会无缘无故地质问妻子和哪个野男人见面，甚至用木匣子砸妻子。妻子的额头因此缝了七针。妻子默默承受着这一切，但老人的谩骂和威胁变本加厉，忍无可忍的妻子最终把这件事告诉了子女。子女也认为老人的这种执念不正常。他们知道老人一定不会同意到精神科看病，所以就以体检为由，把老人骗到了医院。随后可想而知，老人在发现子女把自己带到精神科后，瞬间火冒三丈。

老年期突然出现的妄想并不都是因为痴呆症，还有可能是妄想性障碍、酒精中毒导致的偏执性精神障碍、脑损伤产生的妄想等，原因很多。一定要注意的是，如果只把这种妄想当作精神病，而因此忽略了老年痴呆症，那么会让今后的治疗变得愈发困难。妄想作为一种恶性痴呆症，不仅治疗困难，同时会引发其他恶性痴呆症状。另外，妄想症加重预示痴呆症本身病程加快，会加重患者家属的经济和心理负担。妄想症可以说是痴呆症众多症状中最核心的一个。

痴呆症引发的妄想症常见类型包括：被窃妄想症，即怀疑家人或朋友偷走了自己的东西；错觉妄想症，不认识镜中的自己或熟人的样子；被害妄想症，总觉得有人要害自己；嫉妒妄想症，怀疑配偶出轨。其中，最令患者配偶和其他家人伤心的症状当属嫉妒妄想症。

历史上第一位阿尔茨海默病患者表现出来的症状就是嫉妒妄想症。五十一岁的澳杰斯特·狄特夫人（以下简称"D夫人"）因认知障碍和行为异常被送进精神病院。在其去世后，阿尔茨海默博士对其大脑进行了解剖。观察结果显示，D夫人的大脑出现了肉眼可见的萎缩；通过对其脑组织进行着色发现了异常斑块（老年斑）。1906年11月3日，阿尔茨海默博士在学会上发表了整理后的结果，这是对阿尔茨海默病的首次报告。D夫人也因此成为首位阿尔茨海默病患者。有趣的是，阿尔茨海默博士的记录中清楚地写有，D夫人的初期症状是嫉妒妄想症。D夫人的婚姻生活可谓一帆风顺，丈夫是一位铁路工人，两人婚后育有一女。谁也没想到，D夫人会一纸诉状把丈夫告上了法庭，罪名还是通奸。从妄想开始，D夫人逐渐出现了其他痴呆症状。也正是因为这个原因，她在精神病院度过了人生最后的五年。

嫉妒妄想症是一种怀疑配偶出轨的疾病。嫉妒妄想症和单纯担心配偶出轨的区别在于，是否有确信配偶出轨的证据。对于有嫉妒妄想症的患者来说，"地上一根不知道哪来的毛发"都是配偶出轨的证据。他们不是通过推理得出结论，而是从一开始就有自己坚信的结论。无论家人拿出多么有力的证据，也无法改变他们的结论。他们唯一关注的焦点就是配偶有没有出轨，对其他话题一概不感兴趣。基于这一特点，嫉妒妄想症的治疗尤为困难。所以在与"疑妻症""疑夫症"患者面对面交谈时，精神科医生要打起十二万分精神。每一句话、每一个表情都不能马虎。此类病症的治疗重点不是确认事实，而是这种焦虑对患者产生的影响。

老人的子女再三保证只是一次小小的咨询，这才把老人哄进了诊室。刚刚还拒绝对话的老人，一坐下来就不停诉说妻子的背叛和子女的不信任让自己十分愤怒。他还说妻子外出的次数越来越多，而且拒绝和他有亲密关系，因此他敢断定妻子一定是出轨了。

然而，我从老人子女口中听到的是另一番说辞。不是母亲外出次数变多了，是父亲自己的活动明显减少，可以说是大门不出，二门不迈。以前父亲在家的时候，还会读读书、看看电视，可现在，他蜷缩在屋子里的时间越来越多。母亲虽然想和父亲在一起，但他总是一副兴致缺缺的样子。母亲以为父亲得了抑郁症，说起话来自然变得小心翼翼。妻子的体谅换来的是老人愈发凶狠的眼神。后来等妻子外出回来，老人甚至开始偷翻妻子的手包。

老人的否认妄想症状显露前，很可能两侧大脑功能早已受痴呆症影响开始退化，出现了冷漠症状。妻子和女儿以为这是抑郁症的表现，其实冷漠症状就是在提醒家人，老人已经出现了痴呆症状。曾任德国慕尼黑大学精神科讲师的索伊卡等人曾在《英国精神病学杂志》上发表过一篇研究报告。报告指出，否认症状在抑郁症中的发病率并不高（0.1%），这种症状更常见于痴呆症、帕金森病、脑卒中等脑部疾病（7%）。老人坚信是老伴变了，但其实变的是他自己。在全家人都没有注意到的时候，恶性痴呆症已经开始悄然支配每一个人。

老人最终还是住进了医院。起初，他的心中充满了对家人的愤恨。嫉妒妄想症似乎更加严重。每天晚上，他都会怒不可遏地大喊："把我关在这就是为了给他们腾地""我闺女肯定收了那家伙的钱，娘俩合起伙来把我关在这"。这种状态自然无法安排家人探病。就这样过了四周，老人不再发脾气。看起来已经完全适应了医院生活。药物治疗和心理介入对安抚患者情绪起到了部分作用，但不是全部。不管是对住在同一病房的病友，还是看诊的我，老人再也没有提起"妻子出轨"的事情。不过，他对妻子的怀疑并没有消失。

痴呆症患者的嫉妒妄想症与中年人常见的疑妻症或疑夫症的预后不同。两者的相同点在于谈论配偶出轨时表现出的愤怒；不同点是，嫉妒妄想症的患者并不像一般疑妻症或疑夫症患者那般执着，主张配偶出轨的根据也相对简单。《临床精神医学杂志》刊登过桥本博士的一篇论文，他经研究发现，嫉妒妄想症的显露反而需要一定水平以上的认知功能。因此，有别于预后较差的一般疑妻症或疑夫症，对于脑功能衰退的痴呆症患者来说，嫉妒妄想症的年恢复率可达83%。当然，并不是说只要是患有嫉妒妄想症的痴呆症患者就一定有好的预后。例如，除了阿尔茨海默病，路易氏体型失智症患者显露出的嫉妒妄想症或者伴有性内容幻视的嫉妒妄想症预后就可能较差。

表面上，老人的嫉妒妄想症有所好转，但我作为主治医生，却始终无法安心。在我看来，痴呆症伴发嫉妒妄想症而爆发的情感在某一瞬间消失得无影无踪，是因为患者并不想和配偶或家人彻底决裂，于是自己在心里画下了一条不可逾越的界线。面对妻子的不忠，他表现出了焦虑，而在这份焦虑背后是他对孑然一身的担忧。这种担忧一方面无限扩大着老人对妻子不忠的怀疑，另一方面让老人把心中的怒火压了回去。妄想的内容没有从脑中消失，说不定正是这两种焦虑（对孑然一身的担忧、对妻子不忠的焦虑）达到了平衡，才让老人的内心有足够的空间装下自己的愤怒。

出院后，老人继续接受门诊治疗，也正是在这个过程中，他的嫉妒妄想症再度恶化。家属不知道该不该再把老人送去住院。后来经过商议，我们决定尝试一种新的方法。那就是把老人和妻子彻底分开。我希望通过这种方式让老人心中对孑然一身的担忧和对妻子不忠的焦虑再次达到平衡。短短一周，老人的怒火便偃旗息鼓，他开始向妻子道歉，并冷静地表达了想要和妻子一起生活的诉求。就这样，老人很快恢复了正常的门诊复查。除非我主动提起，否则他不会再提起妻子不忠的话题。我不认为这种方法适用于所有嫉妒妄想症患者，甚至有些情况可能会加重病情。但通过这个病例我学到了，只有同时顾虑到患者心中对孤独的焦虑和丧失感，才能有机会安抚他们的情绪。

众所周知，老年患者与配偶的健康状态差距越大，出现嫉妒妄想症的风险越高。后来我从老人的女儿那里得知，老人的视力正在急剧下降。这是糖尿病的并发症，因为老年痴呆症，没有人及时发现他的视力问题。在逐渐失去颜色的世界里，老人感受到焦虑、缺失、逐渐模糊的妻子、消失的世界和对自身变化感到的苦涩，或许正是这些感情的交织形成了嫉妒妄想症这个复杂的状态。

闲话的凝聚力

我在精神科住院部工作。在这里，除了痴呆老人集中居住在病房，还有很多因其他问题住院的患者，比如精神分裂症、酒精依赖症等。患者的年龄层分布广泛。每间病房没有单独的电视，只有在病房外的大厅放有一台大电视和一组沙发。要想看电视，必须和其他患者待在一起。大厅经常会开展各种治疗项目或是举办患者自发会议。特别是在女性病区的大厅，经常能够看到患者三三两两聚在一起聊天的样子。

女性病区的患者虽然年龄层分布广泛，但通常都是年龄相仿的患者聚在一起。二三十岁的年轻女性喜欢谈论自己的未来、恋爱、结婚，以及病房里发生的事情。而四十到六十岁的女性更喜欢聊子女和丈夫。我注意到，我从来没有在大厅看见过我负责的几位老奶奶。就算有护士带着她们到病房外活动，这几位患有痴呆症的老奶奶也会拼命反抗，不迈出病房一步。她们之间很少说话，就算来到大厅，也只是背着手愣愣地看别人说话，或是呆呆地盯着电视。当然，偶尔也能见到她们充满活力的样子。那就是在背后说别人闲话的时候。

"这个老不死的混蛋！"

有次会诊途中，一阵尖锐的谩骂声突然钻进了我的耳朵。我转过头，发现声音并非来自大厅。就在我要去别的病房时，又传来一阵哈哈大笑的声音。我悄悄走到病房门口，看见几位老奶奶正围坐在病房里。

"这个老不死的混蛋，我又是给他妈洗澡，又是喂饭，都快累死了。他倒好，一天到晚就知道喝酒，每次回来都喝得脸红脖子粗的。我嫁给他是为了给他家当保姆吗……"

"要是我就上去'啪啪'给他几个大嘴巴！"

一位老奶奶听到这里，伸出手用力抽打面前的空气，好像真的在打人一样，惹得其他老奶奶笑个不停。当"丈夫"这个话题兴头过后，下面就轮到了"婆婆"。

"我怀孕的时候还要照顾他妈，别提多累了。有一天，我特别想吃柿子。说来也巧，那死老头子晚上回家的时候正好买了三个柿子!我还想怎么会有这么好的事,一问才知道,是婆婆前一天晚上说想吃柿子。既然他妈想吃,他给买回来,这也无可厚非。可他买柿子的时候,是不是应该问问自己大着肚子的老婆想吃什么?让我生气的还不是这个。婆婆一个人美滋滋地吃着柿子,突然对我说'你上哪找这么好的老公去啊',我的天啊!我当时就觉得五雷轰顶,忍不住和婆婆吵了起来。"

因为患有痴呆症,老奶奶连每天和子女通话这件事都会忘掉。每天早上都会吵着说前一天没有接到子女的电话,为此暴跳如雷。可现在,她却清楚地记得和丈夫、婆婆之间发生的事情,甚至包括当时的心理活动。更神奇的是当时围坐在一起的其他老人的眼神。她们围坐在一起说自己老公的闲话,生气的样子让她们的脸上显现出了平时看不到的光彩。两三个人一起提高嗓门,模仿自己的丈夫,那一刻,她们似乎并不关心到底有没有人在听她们的话。一起骂丈夫的时候,可以从她们的眼中看到光。一圈轮流下来,每位老人的脸上都红扑扑的,看起来气色很好。

其他事情不好说,但这些患有痴呆症的老奶奶都清楚地记得自己在婚姻生活中受到的委屈。每次到门诊复查，她们都会不断重复相同的故事，有些故事我甚至听了几十遍。为了了解她们的心理，我还和自己的妻子聊过这件事。

"在背后说丈夫和婆婆的闲话可是全世界女人的共同爱好。这是一个平等的话题，因为在这个话题面前，没有阶级、年龄、学识差异，所有人都可以表达自己的意见。过得好的人也会吵架，过得不好的人也有幸福的时光。"

有科学报告证实，人类之所以会在背后说闲话，主要是为了在对话过程中获取信息，通过与其他人形成共鸣缓解自己的委屈，分享秘密可以形成归属感和连带感。正因如此，有些学者甚至主张，说闲话这种沟通方式在人类进化过程中起到了举足轻重的作用。知道了这一点，我们多多少少可以理解那些患有痴呆症的老奶奶，明白了她们为什么会反复说自己丈夫和婆婆的闲话。

可是作为一个男人、一个丈夫，看到几个女人聚在一起模仿自己丈夫的样子，说不在意是假的。我跟妻子聊起这件事时，妻子给了我另一个建议。

"过于认真看待关于丈夫和婆婆的闲话，反而会加重问题的复杂性，真心和玩笑只有一线之隔。女人真要是生气了，是不会对任何人说的。"

仔细想想，妻子说得很对。人这一辈子，谁没有在背后说过别人闲话呢？正是通过这种话题，人与人之间产生了连带感，形成了乐趣。但问题是，当这种闲话变成了一个人的全部，开始不停反复的时候，便会慢慢让身边人感到压力。或许这就是妻子说的，太把说丈夫和婆婆闲话这件事当真的结果吧。

"他为什么会谢顶，还不是因为他们娘俩合起伙来累我一个人，这是老天在惩罚他。"

现在，走到哪都能听到关于丈夫谢顶的故事。一位老奶奶觉得这样也挺好，做家务的时候不用再烦恼满地的头发了。这些老奶奶就是靠这样的话题度过她们无聊的一天。丈夫在她们口中变成了十恶不赦的小混混，在他们身边生活的自己是那么孤单无助。就是在她们诉说自己孤单生活的闲谈中，我在她们身上看到了久违的活力。

人生总是充满了反转。老奶奶出院后，有一次和丈夫一起来门诊复查。我以为她的丈夫真的是那种不务正业的二流子，没想到却是一位穿着得体，头戴毡帽的绅士。不仅说话温声细语，就连陪老伴来医院复查这件事也与"二流子"相距甚远。老爷爷坐下后，摘掉了头上的帽子，那一刻，我觉得自己彻彻底底被老奶奶骗了。虽然老爷爷的头发有些稀疏，但能看出是用心打理过的偏分头，绝对不是老奶奶口中的"脱得精光的"大光头。老奶奶们的心可真难懂啊。

02

我们需要慢下来

所谓慢生活

我接到了母亲的电话,说是父亲腿疼得已经无法走路。父亲曾突发脑卒中,随后出现半身不遂症状,现在的情况很可能是脊椎歪曲压迫了神经,导致他走不了两三分钟就会无力地瘫坐下来。在这种情况下,只能由我亲自送父亲去医院。

第一天就诊时间安排得比较早,我着急忙慌地把父亲扶上车。到了医院停车场,我又仓促地把车停好,然后问父亲是否带齐了医保卡和身份证。我不知道父亲能否看懂我表情下急切的心情。

"这种东西都是你妈管。你妈也来了,问问她。老伴,我的卡呢?"

车里只有我和父亲分别坐在驾驶座和副驾驶座,父亲却把头转向了车窗一侧,寻找着母亲的身影。我至今仍然清楚地记得自己当时有多么惊慌。不停寻找当时并不在现场的母亲，这样的父亲是那般陌生。我想问他为什么要找母亲，可我问不出口。我一时不知道该说些什么，车里一阵死寂。在这种情况下，我发现了干医生这行带给我的唯一帮助，就是在表情上可以很好地隐藏自己的慌张。

有一个关于大脑的概念，叫作"认知储备"，指在大脑受损状态下，依然可以帮助大脑承受并缓解冲击的物质。大脑认知储备多的人即使罹患脑卒中、痴呆症，临床表现也会相对较轻。而过大的压力、反复脑损伤、营养不良，以及吸烟和饮酒、久坐等生活习惯都会降低大脑的认知储备。大脑一旦进入这种状态，一点小小的压力都会引发行为异常。就像我父亲，不仅患有脑卒中，最近又因为严重的疼痛导致体力下降，大脑认知储备自然濒临耗尽。

我振作精神，开始翻找父亲的衣兜，并没有找到我想要的医保卡和身份证。我下意识地把手伸进了自己的衣兜，似乎摸到了什么，是小小的四方形卡片。我把卡片掏出来，发现正是父亲的医保卡和身份证。我忘了卡是自己早上从母亲手里接过后顺手装进了兜里。

"爸，是我疏忽了。东西在我兜里，我给忘了。"

听我这么说，父亲脸上的表情才放松下来，不再寻找母亲。我为什么要这么着急？可能是因为早上开车时接到了护士向我汇报患者病情的电话，也可能是因为担心父亲的病情发展而无法安心。不，如果我能早出来三十分钟，时间就不会如此紧张，更不会让彼此手忙脚乱。

日本痴呆症领域权威专家长谷川和夫（"认知症量表"创始人，韩国也在使用该量表）照顾痴呆症患者超过了半个世纪，并根据自己的经验总结出绝对不能对痴呆症患者做的事情，第一条就是"急躁"。

> 其中，特别是"急躁"这一行为影响最不好。"快吃""别磨蹭"，经常这样催促患者，会直接导致患者原本可以自己做好的事情无法完成。因为没有时间，照护者经常会说"我帮您"。我不知道这样做是不是会提高效率，但有一点可以肯定，中途打断患者做的事情并不是一个明智的选择。还有一点值得注意，要尊重患者，绝对不能对患者说"我说了你也记不住""我说了你也听不懂"，诸如此类的话。无论是谁，听到这种话都会受伤。
>
> ——长谷川和夫，《痴呆症的贴心陪护》

作为医生，我每天都在向痴呆症患者家属强调这一点有多么重要，可我自己却忽略了。当然，作为照护者，抑制心中的急躁并不是一件容易的事情。长期照护会消耗掉一个人轻松悠闲的心态。虽然这一点值得理解，但是一定要记住，大脑认知储备较低群体的认知速度和我们的有很大区别。如果我们不明白这一点，就永远无法和他们步调一致。

我曾在关于老年人疗养的书中读到，一位患痴呆症的老奶奶被称为"七秒奶奶"。七秒奶奶不会立刻回答别人的问题。每次等老人开口，医务人员都要在心里默默数完七个数。然后老人才会像刚听见问题一样，说出自己的答案。她和我们之间有七秒时差。

经历了这件事，每次复诊，我都会带着父亲提前一个小时到达医院。然后和父亲一起坐在停车场里闲聊一个小时。我会把座椅稍稍放低，平静地与父亲说些有的没的，比如孩子的近况、父亲的腿有没有好转、自己对未来的迷茫，等等。我们的谈话内容并没有什么特别，甚至会重复同一个故事。但比起内容，两人在一起聊天这段时间本身最为珍贵。这样做对我来说还有一个意义，那就是懂得了和父亲"慢生活"的方式。

小时候,我每天上学要坐两个小时的城铁。车上的时间是如此漫长,不管我做什么,都无法填满这段时间。那时我经常望向窗外,漫无目的地欣赏风景。其实,列车疾驰过程中,我什么也看不到。只有偶尔在调整与前车的距离时,列车才会减速,我才能慢慢欣赏车窗外如画的风景。轨道两旁矗立着高耸挺拔的大树,每到傍晚夕阳西下,阳光会透过茂密的树叶洒向地面,五彩缤纷的颜色像极了万花筒。这番美景仿佛在对我说:"快休息休息吧。"慢生活就是一个慢选择接着一个慢选择。说不定就是在这种慢节奏的生活中,我们可以与那些错过的事物再次重逢。

离别苦
直教生死相依

我突然对自己在六岁儿子心中的形象感到好奇。

"你觉得爸爸是什么样的人啊?"

"嗯……给马桶治病的医生。"

儿子的脸上满是顽皮。他的回答看似不着边际,但仔细想一想,其实也没错。我的孩子小时候有严重的排便压力,经常便秘。如果说他们的任务是专心排便,那我的任务就是疏通被堵住的马桶。这种事做多了,自然就会得心应手。每次我用自己的小技巧成功疏通马桶后,都会骄傲地对孩子们说:

"孩子们,爸爸把问题都解决好了!你们不要担心马桶,尽情地拉吧!"

孩子们之所以管我叫"给马桶治病的医生",大概就是看到我瞬间疏通马桶的样子吧。虽然在孩子们眼中,我是可以瞬间解决问题的"会通马桶的医生",但事实上,自从我选择做一名精神科医生以后,脚下就再也没有出现过一条明确的道路。

"精神科医生,人类心灵修复师",这句话简直把精神科医生捧为了"神"。遥想当年,初入此行,我也有远大梦想。在尚未揭秘的领域抽丝剥茧,深入人类心灵进行治疗,简直不要太帅啊。但很快,我就被现实打了一记响亮的耳光。生活问题的原因和结果从来都不单一,混乱又复杂,让人无法理解。

我参加过一场特殊的葬礼,那是我在精神科实习期负责过的一位患者的葬礼。他因为多次尝试自杀而住进了大学医院。出院后,他继续在门诊接受医生诊疗,同时接受我的辅助咨询。常见的自杀患者会讲述导致自残的痛苦和受伤的经历,但这位患者不同。他只说自残会让自己感到安心,自己也不知道为什么会做出这种行为。我的咨询结果是,这是一位不懂得表达自我感情和想法的患者,正因如此,我和患者约定会增加咨询次数。没想到就在几天后,我收到了患者去世的消息。这完全出乎了我的预料,我的眼前一片漆黑。自责和虚脱感压得我喘不过气,我怀疑是自己的疏忽,错过了重要信息,责怪自己什么忙也帮不上。最后我选择参加患者的葬礼，去之前我做足了心理准备，不管家属如何责备我没有能力阻拦患者的求死之心，我都会全盘接受。然而事实和我预想的完全不同，患者的父亲看见我，立刻拉我坐下。他告诉我这次自杀是场意外，其实患者去世前一天还高兴地告诉父亲自己会继续接受咨询。最后，患者父亲流着泪叮嘱我不要忘记初心，以后也要温暖待人。可我是第一次碰到这种只有一腔热情，却没能起到任何作用的现实，我的心中充满了恐惧和无可奈何，所以面对患者父亲的叮嘱，我一句话也没能说出来。我根本无法理解别人的生活，更不能帮助他们。

说来奇怪，我现在的主治对象是老年人。而老年患者的遭遇要比年轻人更加复杂、更加令人恐惧。面对那些坐在轮椅上，看起来虚弱无比的老人，我在处方上写下的每一味药都必须慎之又慎。痴呆症治疗药物可能引发呕吐或者腹泻，偶尔还会诱发谵妄，导致患者夜晚认不出人，思维愈发混乱。对于调节幻视、妄想、失眠、暴力等精神行为症状的药物，用对了可以缓解症状，帮助患者与家人一同生活；用错了会引发震颤症状，导致患者摔伤，加重病情。半片药、四分之一片药、粉剂……虽然善良的药剂师从来没抱怨过什么，但每次写处方的时候还是要考虑他们。因为目前还没有发明出可以把药片分开或是碾碎的机器，这就需要药剂师纯手工完成，而这并不是一件容易的事情。

所有医生都被住院的老人骂过。为了让他们明白自己是因为痴呆症或妄想症住进医院，我们磨破了嘴皮，可他们就是不明白。面对医生的白大褂，他们多少会收敛一些，但护士、护工就要承受他们所有的愤怒。这在医院是件司空见惯的事情。老年痴呆症患者住院初期，压力会暂时加重退行性症状，从而导致大小便更加频繁。从这时起，问题的重点不再是治疗，而是照护，这无疑会加重医护人员的负担。护工不想一天二十四小时待在精神科病房里，结果就是护士一天要清理数十遍患者直接在地板上解决的大小便，还要一日三餐按时喂饭。

那些因为酒精性痴呆症住院的老人还会出现戒断症状，大脑功能迅速退化，连最基本的走、坐都成问题，总是会摔倒。对于这种情况，医务人员要拆掉病床，在墙和地板间放上垫子。护士在照看其他患者之余，还要随时通过闭路电视观察患者是否摔倒。如果不能在一至两周内恢复患痴呆症的老人对昼夜的正常认知，那么所有人的日子都不会好过。不知情的患者家属会不停地质问医生"为什么患者恢复得这么慢""为什么症状不断恶化"，通常到这个时候，医护人员也都到达了极限。我虽然不会说什么，但我从医护人员的表情中可以看出他们想让我下怎样的医嘱。自己的牺牲和努力被别人视为理所应当的事情，这种心情与受到不正当待遇的痛苦无异。

"就算不照顾那位患者，我也照样领工资，我真不明白自己做错了什么。"

这是一位医生辞职前对我说的最后一句话。对于这个问题，我无法作答。因为我知道，那位医生对患者的照顾比任何人都要尽心，看到患者康复他比任何人都要高兴。

初入职场，我的心中充满了使命感和作为医生的热情，我下定决心要调整处于痴呆症急性期患者的症状，让患者能够继续与家人一起生活。但是，艰难的现实和复杂的内心在不知不觉中磨灭了我的使命感和热情，最后只留给我恐惧和不断后退的冲动。但是，哪怕只有一步，只要我坚持下来，把身体交给时间，即使没有了当初伟大的使命感，但我还是能感觉到，一个个看似微不足道的理由正一点点引领我前进。

"好好吃饭，再看看孙子孙女就够了，还有什么奢求。"

"听您的话减少了药量，手抖的毛病好了很多。别担心。我现在好了很多。"

"别总说我,您也要在意一下自己的健康。最近的脸色怎么这么苍白?"

随着时间的流逝,和患者接触得多了,反而是患者开始安慰心生恐惧的我。可能是他们当了太久的"大人"了吧。说一个人是"大人",也代表了这个人经历并且承受了太多苦痛,内心已经找到了属于自己的答案。对已经失去的东西学会放手,即使找不到答案也不再焦虑。他们已经知道时间会解决一切。面对这些充满智慧的患者,我就像孩子一样接受着他们的关心和安慰。

有一位老爷爷和自己的老伴同时患上了老年痴呆症,老奶奶先被送进了疗养院。后来老爷爷也因为痴呆症导致的妄想症不断恶化,最终住院接受治疗。症状有所缓解后,老爷爷出了院。一天,他在家属的陪同下来门诊接受检查。原来,他是和子女一起来医院开入住疗养院所需的证明材料的,他就要和老伴住进同一家疗养院了。我向他的子女说明了入住疗养院的注意事项,以及应对妄想症和服药的方法等。后来,子女被院务工作人员叫去确认材料,暂时离开了诊室。诊室里就剩下我和老爷爷两个人。不知为什么,我的心情很复杂,总觉得对不起他。于是,我先开口打破了沉默:

"怎么样？刚进疗养院可能会有些不习惯，您有什么担心的吗？有的话就告诉我。我会帮您转达给家人和疗养院医生的。"

在我刚刚给家属讲解注意事项的过程中，老人始终一言不发。突然，他回头看向身后，确认子女还没有回来后，开口说道："谢谢你让我和老伴住到一起。孩子都没用。老伴会照顾我的，您不用担心。"

平时话很少的老人突然顽皮地对我一笑，还说谢谢我。之前很长一段时间，他和老伴都是"两地分居"，一个在医院，一个在疗养院。说不定疗养院可以成为两人重逢，再次约会的地方。之前，我一直对老人不能住在家里充满了担忧，那一刻，我对把他送进疗养院这件事释怀了。老人接下来说的话更是让我不由自主地红了眼圈。

"医生，在死之前，就让我们两个在一起吧。"

直到生命最后一刻，还有能力爱人和被爱，这是何等幸福的生活啊！他们希望的正是我这一生的追求。

长出千元[1]的聚宝盆

"老人家攥着钱就是不撒手。不是藏在抽屉里,就是装在兜里。"面对老人的固执,护士忍不住咂舌。这是一位八十高龄的老爷爷,因为妄想症和日夜颠倒等恶性痴呆症状而住院,如今已经在医院里住了三个月。可喜的是,妄想症和睡眠周期都在慢慢恢复之中。但让我们高兴不起来的是,老人出现了新的问题。他开始到处藏钱,搞得护士焦头烂额。

病房里用不到现金,需要的物品和零食可以由家属快递,或者从预存的零食费里直接扣除。而且住院部对患者持有的现金金额有明确规定。不只是因为老年痴呆症患者容易丢钱,也因为一旦发生盗窃案,患者之间互相指

---

1 千元:指韩元,一千韩元约等于五元人民币,下同。——译者注

责等矛盾要比想象中严重得多。但这位老人就像有聚宝盆一样，时不时就会拿些现金出来。医生把找到的钱还给家属，可一转眼，他又会从别的地方找出钱。想从他手里拿走钱可不是一般困难，必须提前做好被痛骂一顿的心理准备。要是被骂完就能拿到钱，倒也算幸运。问题是，老人经常嘴上说着给钱，但转眼就躲进洗手间里不出来。他记不住放钱的位置，整个住院部经常能发现角落里有千元纸币。

老人不是个例。对小物件有执念的老年痴呆症患者要比想象中多很多。这位老人的问题不过是几张千元纸币，另外一位患者则是整天盯着家人买给他的三千元钱的花盆，还有一位患者执着于空烟盒。有一位患者因为担心其他患者出门时穿自己的拖鞋而焦躁不安，一整天就盯着整齐地摆放在病房外的拖鞋。一位患者因为患有糖尿病而无法饮用速溶咖啡，但他还是在床头柜的抽屉里放了几袋。没想到后来被人偷喝了，只剩下了空袋子。他就用手纸把空袋子包好，小心翼翼地放到了抽屉最里面。

大家都有喜欢的物品，只是喜欢的程度不一。痴呆症患者的特别之处在于，普通人比较看重昂贵的饰品、珠宝和大把大把的钞票，而他们则对这类事物不屑一顾。不过，这也不是说他们会追求对自己有意义的东西。记录珍贵回忆的照片、心爱之人送的礼物、象征爱情誓言的戒指，在他们面前都会黯然失色。能让他们珍惜保管、放不下的反而是那些微不足道的小物件。正因如此，他们的这种行为更加惹人注目。而让他们对小事物如此执着的原因同样令人震惊。

囤积强迫症是恶性痴呆症的症状之一。这种症状是指无理由地过度收集生活中不需要的物品。比如家里的垃圾堆成山，连下脚的地方都没有，患者就在垃圾堆里随手腾出一小块地方过活。或是把吃剩很久的食物堆在家里继续吃，搞得自己闹肚子，或是被家里倒下的垃圾山砸伤。囤积强迫症患者占痴呆症患者的22.6%，发病原因一个是大脑区分事物重要性的功能丧失，另一个则是单纯消除无聊感的补偿行为。

但是，上文提到的患者，他们的执念与这种强迫症并不完全一样。囤积强迫症的关注对象不是物品，而是堆积、收集行为。只要没人清理他们堆积的物品，他们根本不会寻找或是确认那些物品。囤积强迫症主要是在两侧大脑损伤后出现，如前额侧额叶痴呆，就像脑梗死患者一侧手臂无法抬举一样，本质上属于脑神经学症状。因此，只用强迫储物解释老年痴呆症患者对物品本身的执着多少有些局限。

那么，老年痴呆症患者对物品的执着是因为韩国生活一度艰苦，所以韩国老人才会有这种习惯行为吗？事实并非如此。这种现象与文化、国家、经济水平无关，是所有老年痴呆症患者都会出现的症状。据我观察，这种现象与患者患病前后的经济水平无关，其他国家也有老人执着于物品的问题存在，说明这并非一种历史或是社会现象。

有学者认为，这种现象只是患者受痴呆症影响，对自己曾经熟知的事物逐渐感到陌生的结果。忘记物品的使用方法后，他们会长时间抚摸物品，或者频繁更换物品摆放的位置，而在旁人眼中，这种行为被解读成对物品的执念。

英国肯特大学社会学博士克里斯蒂娜·布塞做过一个有趣的实验。她尝试与住在疗养院的女性痴呆症患者聊天，询问她们对目前使用的手包有哪些回忆，手包对她们有什么意义。谈话结果显示，老年痴呆症患者会在使用手包期间时刻提醒自己不能把手包弄丢，手包也因此成了她们焦虑的根源。而另一方面，手包作为回忆可以让她们想起自己是谁。手包中装的是她们罹患痴呆症之前的日常生活，回忆依然活着。从这点来看，对于那些与布塞博士交谈过的女性痴呆症患者来说,现在的她们是不完整的,而手包是正常时期的自我缩影。

另一个重要的迹象是,对物品的执着程度间接反映了患者心中的缺失和焦虑。对物质的执念在人类原本的成长发育过程中有着举足轻重的作用。孩子要学会独立,就要在某个瞬间离开妈妈的身边,这种情况通常会引发孩子的分离焦虑。孩子还不具备完全成熟的自我,因此无法靠自己的力量消除这种焦虑,需要自己身边有除了妈妈外的其他人陪伴。在与妈妈分开的过程中,孩子会寻找投射自我焦虑的物品,这就是所谓的"最心爱的物品"。我们经常能看到这个时期的孩子走到哪都会抱着自己喜欢的毯子或玩偶。值得注意的是,分离焦虑症状严重的儿童,长大后依然会过度依恋某种物品。换句话说,对于那些总是过度依赖某样东西的人,如果深入探究其内心,一定会发现隐藏在心灵深处的焦虑。充满缺失感和孤独感的老年痴呆症患者可能也是因为这个原因才会表现出这种症状。

后来我才知道,老人的老伴每次来探病,都会给他几张千元纸钞。她说老人住院前,只要口袋里没钱就会表现得特别紧张。不管是晚上不睡觉,还是发脾气闹绝食时,说再多好听的话,都不如直接在他兜里放几千元钱。他没打算把这钱给别人,也不是要用这笔钱买东西,只是单纯地喜欢妻子给自己的几千元钱。

老人住院后留下老奶奶一个人,她得有多放心不下啊。她不想违反院规,但也不忍心不给老人钱。于是便有了这场"完美犯罪"。每次来医院探病,她会趁会客室里没人的时候偷偷塞几张千元纸币到老人的病号服兜里。

几张纸币、三千元钱的花盆、拖鞋、速溶咖啡包装袋……这些微不足道的东西竟然不知不觉间在他们平凡的生活里扎了根。老年痴呆症患者心中的恐惧与年轻人经历巨大挫折后的恐惧有本质的不同。老年痴呆症患者不是受到沉重打击后一蹶不振。年轻人喜欢用华丽的"大件"弥补心灵的空虚,可老年痴呆症患者不同。这些老人的恐惧来自那些平凡之物正一件一件从他们的脑海中消失。夕阳西下,天空渐暗,原本随意放在屋中一角的东西逐渐笼罩了一层黑影,一点点变得模糊,直到最终消失。正因如此,那些微不足道的小物件在他们心中变得愈发珍贵,为了不失去,他们拼命握紧拳头。在这片黑暗中,妻子塞给自己的千元纸币虽然看似不值一提,却可以让自己暂时想起正在与这黑暗一同消失的平凡的生活。

一生挚爱的痛

哈佛医学院的社会和心理医学教授阿瑟·克莱曼出版过一本名为《照护》的书,书中记录了自己十年间照顾患痴呆症的妻子的经历。同为精神科医生,我很好奇在面对自己一生挚爱的妻子时,他会选择怎样的照护方法。令我万万没想到的是,妻子每次发作,作者的内心都会被苦痛填满,苦苦祈祷这场暴风雨能够快点过去,这让我的心情无比沉重。

就像暴风突然席卷宜人的夏日,乔安妮的性情在某一瞬间突然急转直下。等她清醒过来时,恐惧、畏惧和混乱感又让她像一棵杨树一样颤抖个不停。她不知道自己在哪,也不知道自己为什么会被带到这个地方……陷入被害妄想症的她根本认不出我是谁,不停地大喊我要伤害她。她躺在地上不停地挣扎……面对逐渐吞噬乔安妮的崩溃和拼命发狂,我已经束手无策。

——阿瑟·克莱曼,《照护》

鼓足勇气为罹患痴呆症的妻子准备的旅行没想到却成了悲剧的开始。这场旅行的终点是,阿瑟联系了自己的抗精神病药物专家朋友,让妻子住进了美国著名精神病专科医院——麦克莱恩医院的老年人神经精神医学科接受治疗。但是,不断发作的妄想症把乔安妮和阿瑟两个人困在了这里,无法回家。医生告诉阿瑟,是时候把妻子送去疗养院了。阿瑟曾经发誓无论发生什么事都要照顾妻子,而这一刻的他被推到了绝境,不得不做出选择。妻子会大喊不认识丈夫,甚至撕心裂肺地喊着对方要伤害自己,这种折磨他和妻子的错觉妄想叫作卡普格拉综合征。

卡普格拉综合征是一种妄想症,患者坚信自己熟悉的人已被某个替身取代。1923年,法国精神科医生卡普格拉在自己的论文《对相似事物的幻想》中,首次提及该症状。这是痴呆症状中具有代表性的错觉妄想,患者不仅仅局限于老年人。年轻的精神分裂症患者也会出现卡普格拉综合征。不管是源自哪种病,曾经自己最熟悉的人被另一个人替代，这种妄想会给患者带来极大的恐惧感。你可以想象一下，一个你完全不认识的骗子站在你面前，一举手一投足都在模仿你的家人，甚至说不定什么时候还会伤害你，这种恐惧感会立刻变为生死存亡问题。

"是我，你的丈夫。你别生气，有我陪着你呢！"
"什么？你说你是阿瑟！胡说。你这个混蛋，大骗子！你快出去，走啊。"

——阿瑟·克莱曼，《照护》

支撑阿瑟坚持下来的是他与妻子相伴数十载的回忆，即使这些回忆已经支离破碎。可是，卡普格拉综合征就连这仅存的一点点脆弱的连接都不允许。数十年来同呼吸、共携手创造的所有记忆瞬间消失。不是只有小说或电视剧才会出现卡普格拉综合征，这是现实生活中真实存在的悲剧。

脑神经学家维莱亚努尔·苏布拉马尼安·拉马钱德兰称，卡普格拉综合征是大脑在识别亲人过程中出现的错误。大脑识别亲人（比如丈夫）面部的过程大致可以分为两个阶段。第一阶段，视觉会将亲人的面部容貌和特定部位转换成神经信号,发送至位于颞叶的梭状回。这一过程可以让我们分清自己看到的脸是人脸,而不是猴脸,再加上其他特征,我们就可以识别出眼前的人不是别人,正是自己的丈夫。此时,大脑的识别过程还没有结束。第二阶段,与大脑深处的感情中枢"扁桃体"形成连接,从而让这张脸成为我们"熟知的"丈夫的脸。经历这两个阶段后,才算是真正识别出丈夫的脸。

卡普格拉综合征在梭状回部分可以清楚地识别出丈夫的面部容貌,但无法与脑扁桃体形成连接。也就是说,丈夫的脸不会引发情感,曾经最熟悉的人也就变成了陌生人。对于患者来说,眼前的脸虽然是丈夫的脸,但这个人不是丈夫,而是在模仿丈夫的骗子。视觉和听觉刺激是两套完全不同的体系,听觉可以和脑扁桃体产生共鸣,所以通过电话让患有卡普格拉综合征的妻子听丈夫的声音,妻子可以立刻听出丈夫的声音。

痴呆症患者出现卡普格拉综合征可以说是雪上加霜。因为卡普格拉综合征的错觉对象通常是发病前自己最依赖的人,是那些在自己身边和自己有很多共同回忆的人,是在自己痛苦不堪时可以安慰自己的人,是可以真心替自己高兴的人,是即使自己得了痴呆症也可以在自己身边照顾自己直到最后一刻的人，是千千万万像阿瑟一样，面对病情日益严重的爱人，从未放弃希望，仍然在拼命坚持的人。但是，当看到自己苦苦守护的人竟然因为自己而变得混乱，在自己面前痛苦地嘶喊，他们自然而然会对自己的角色本质产生怀疑，最终不得不放开曾经拼了命也要紧握的手。不是因为累了或厌倦了，而是害怕自己的存在会加速心爱之人的崩溃。这种病症源自爱，也因此变得更加可悲。

你爸在家等我

有一位老奶奶,每次来诊室都会给我一瓶养乐多。然后慢条斯理地告诉我陪她就诊的儿子多么孝顺,丈夫对自己多么贴心。她的语速很慢,一旦开始重复相同的话,我就会打断她,告诉她现在轮到我说话了,然后天南海北地大说特说一番。这个时候,老人就会起身,说自己要快点回家给丈夫准备晚餐。一旁的儿子只是默默地看着眼前的一幕。

老人来我这里就诊的原因是她被诊断患有抑郁症。第一次见面时,不用病历就能看出她的状态,因为她脸上的每一道皱纹似乎都在诉说她的悲苦,还有左右躲闪、充满焦虑的眼神。听到她说每天早晨一睁眼,就连呼吸都很痛苦的时候,我真的不知道该如何安慰她。

抑郁症为什么可怕？因为严重的抑郁症会影响工作，导致患者与家人疏远？因为要吃抗精神病的药物？要不然就是因为会极端地用自杀的方式结束自己的生命？每个人的经历不同，对抑郁症的理解自然多少有些差别，但大部分人通常会先想起这些原因。但是在我看来，抑郁症的可悲之处不仅仅是其造成的结果，"抑郁"这种情绪自带的本质属性就是一种悲剧。

爱因斯坦发现的广义物理法则（广义相对论）称，静态的人与动态的人会在时间流速上出现差异，无须扩大到宇宙，也不用在大学实验室里观察，只需看一看受抑郁症折磨的患者，他们的心里正在上演这一幕。人一旦陷入非现实的抑郁情绪之中，个人世界的时间便开始产生变化，幸福感转瞬即逝，相反，抑郁状态下时间变缓，空间也会逐渐向他们惧怕的世界扭曲。某一瞬间，就像沉入无尽的深海，他们的时间和空间停止，连扭曲也不复存在。所谓的抑郁情绪就是在被关在令人窒息的空间和时间的漫长过程中产生的。太多患者向我控诉，这种状态没有出口，时间仿佛永远被定格，令人无法忍受。我永远也忘不了他们的呐喊。

对于陷入感情深渊，时间和空间都静止的老人来说，无论是陪伴在身边的儿子,还是体贴入微的丈夫,都无法让她得到真正的安慰。某一刻,老人会和家人进入完全不同的两个世界,听不到彼此的言语。而这种断绝会让她觉得自己无法走到外面的世界,从而使她开始过度关注自己的身体。这种症状在老年人抑郁症中尤为常见。无故多发性疼痛、皮肤的异常感觉、失眠、消化不良、心悸等身体症状折磨着老年人,医学治疗起不到明显作用。在持续痛苦的状态下,时间静止了。对身体症状的极度抱怨使得家人开始有意回避她,孤立无援的她会陷入更深的绝望之中。

不知道从什么时候开始,老人开始丧失记忆。一开始只是忘记一些小事,周围人只认为是她情绪过于低沉所致。可随之而来的是老人表情的改变。空洞的眼睛失去了焦距,呆坐的时间变得越来越多。表面看起来,老人不再怨天怨地,也不再吵着不舒服,但实际上,毫无缘由的沉默在一点点增加。想不起儿子的名字,支支吾吾地想要搪塞过去,可慌张的眼神是无法隐藏的。一天,老人的儿子告诉我,一直以来守护在老人身边的父亲去世了,他把母亲接到了自己家中,方便照顾。而这也成了一个明显的转折点,老人会央求儿子送自己回家,她说:

"你爸在等我呢。"

那之后，老人每次来复诊都会给我一瓶养乐多。养乐多是儿子给她的，她可能并不明白自己的包里为什么会有这种东西。但是，那位一度陷入抑郁，只会谈及本人痛苦的老奶奶，如今第一次对我表现出了关心。她依然会着急回家，要去照顾已经不在这个世上的丈夫。不知道老人还记不记得，自己曾经无数次向我抱怨，说丈夫一点忙都帮不上，为了逃离这种令人窒息的孤独感，自己已经不止一次离家出走。

痴呆症会对老人的抑郁情绪产生怎样的影响呢？如同重力会扭曲时间和空间，让时间变慢，严重的抑郁宛若一个黑洞，把人永远困在痛苦的时间里。在这方面，痴呆症患者的抑郁又表现出自己独特的一面。痴呆症的发展就像用一块黑布一下子遮住了时间相对性观察者的眼睛。简单来说，观察者失去了自我。弗洛伊德曾说，抑郁症患者对事实的反应更加敏感。但如果在抑郁症基础上伴发痴呆症，就会失去直面现实的视角。随着痴呆症的发展，患者会逐渐失去自我感情认知和用适当语言表述情感的表达能力。正因如此，患者看上去只是忍一时之苦，实质上是给患者造成了一种全新的恐惧。被遮住的双眼会让患者错以为只有自己一个人独活于世，深陷孤独的泥沼之中无法自拔。

老人最终从抑郁症患者变成了痴呆症患者。从医学角度来说,这是病程发展的结果。未来等待我的将是一场艰难的持久战,战场上有我,有老人,还有她的儿子。但是,老人的表现又让我产生了另一个疑问。对她来说,哪段时间更痛苦呢?是抑郁症,还是发展成为痴呆症以后?说实话,我也回答不了这个问题。谁也不能说老人的抑郁情绪看起来有所减轻,就完全感觉不到痴呆症状态下自我丧失的痛苦。老人给我养乐多这件事到底该高兴,还是该伤心,至今仍是困扰我的一个问题。

假性抑郁症

"最近实在是太犟了。说什么也听不进去,特别爱发火。"

家属起初只是以为老爷爷上了年纪才会变成这样,但问题却愈演愈烈。直到有一天,老人开始整天不说话,叫他也没有任何回应。在他身上看不到任何想要做些什么的动机或欲望。他就那样呆呆地坐在一个地方,一动不动,对周围的一切漠不关心。每天一睁眼,就歪着身子靠在沙发上看电视,家人问他在看什么,他却答不上来。劝他吃饭也好,让他洗澡也罢,老人的回答一律是"以后再说"。以前只要孙子孙女撒个娇,他就会乖乖地照做,可现在的他连眼皮都不抬,似乎已经不想再看见孙子孙女了。

后来,老人几十年的朋友突然离世,而老人的反应终于让一家人意识到了问题的严重性。当时,听到噩耗的老人只是眨巴眨巴眼睛,仿佛对方是与自己毫不相干的陌生人。他的脸上没有悲伤,也没有哀痛。他说了一句"是哦",仅此而已。既没有问朋友的葬礼在哪里办,也没有问朋友去世的时间和原因。家人不明白老人为什么会这样,能想到的办法只有在一旁鼓励老人重振精神。之所以到医院就诊,是因为他们担心老人患上了抑郁症,但谁也没有料到,最后的诊断结果会是痴呆症。

老人的表现是恶性痴呆症状之一,即"冷漠症"。其实"冷漠症"一词本身就有些模糊,很难定义。冷漠症的英文是apathy,从词源来看,该词指"没有(a)热情(pathos)"的状态。以前常用来指代感情迟钝程度,最近开始将其视为一种动机问题。根据2009年美国以及欧洲、澳洲众精神医学专家给出的定义,冷漠症是指缺乏动机,在目标导向行为、认知、情感三个领域中至少有两个领域出现缺乏兴趣与反应的状态。

冷漠症作为恶性痴呆症状之一,主要出现在痴呆症前期或者初期。这种病症多见于阿尔茨海默病、额颞叶痴呆和血管性痴呆,特别是出现在阿尔茨海默病的概率远大于抑郁症,属于极其常见的症状。患有冷漠症的老年人常被误认为很懒。有些家属还会误以为老人是固执、任性或是在闹脾气。实际上，这是大脑负责动机和欲望的部位，即动机回路出现了问题。

第一，行为领域的冷漠症状会从根本上抑制患者的行为，让他们无法做任何事情。就像要用220伏电压才能启动的电视，低于该额定功率的电压根本无法开启电源。他们只会面无表情地坐在那里，一坐就是几个小时，连饭都不想吃。对于这些患者来说，时间仿佛已经静止。

第二，认知领域的冷漠症状会导致患者无法认知行为目的，或者无法转换其他行为，只受一种想法支配。因为无聊打开了电视，最后只是一整天呆愣愣地盯着屏幕，根本不知道自己看了什么，也不会为了打发时间到户外散步。两只眼睛似乎和吵闹的电视屏幕锁死，直到某一刻，就连自己为什么要看这个方盒子都不知道。

第三，情感领域的冷漠症状会导致患者情感变迟钝，无法做出与当下场景匹配的情感反应。比如子女告诉老人，他的妻子去世了，但老人只是点了点头，就回卧室躺着看电视去了。问题是，老人的这种表现常被误认为是抑郁症。缺乏欲望和行动力，自然而然会先怀疑是抑郁症。对周围漠不关心和欲望缺失是抑郁症和冷漠症的相似之处,但要注意,两者是完全不同的病症。

有别于抑郁症,冷漠症根本没有悲伤或是痛苦的情感。抑郁症有"传染性",会因为患者的表情、语言和行为营造的气氛让周围人的心情也跟着变得沉重。可冷漠症不同,冷漠症不会出现抑郁症的身体症状,即失眠症或者食欲变化等问题。另外,抑郁症的一大特点是会反复出现极端悲剧,患者用这种方式不断向周围人诉苦,但冷漠症患者不会。正因如此,如果没有家属的足够关心,冷漠症很容易被忽略。

我曾经在网上刷到一个视频,视频里是一位痴呆老人因冷漠症而拒绝吃饭的场景。问他为什么不吃饭,他也没有反应,甚至连眼皮都没有抬一下。家人的反应已经从无语上升到愤怒。后来专家登场,慢慢地尝试与老人沟通。

专家了解到老人在患痴呆症前特别喜欢爵士乐,每周五都会听爵士乐,开舞会。所以,他要求老人的照护者拿来了磁带。专家没有追问老人为什么不吃饭,而是选择用老人喜欢的音乐转移其注意力。听到爵士乐的老人不仅和专家进行了短暂的对视,还对专家的话做出了点头等微小的反应。视频最后并没有反转,老人依然拒绝吃饭。照护者面无表情地端走了餐盘。但是,没有人觉得这是一个失败的案例。因为，我们已经听到了痴呆老人的动机回路重新启动的声音。

想要让他们动起来，到底应该怎么做呢？这里就不得不提到一个心理学技术——登门槛技术。简单来说就是，先提出一个对方比较容易接受的小要求，等对方接受以后，就有可能接受更大的要求。只有把脑伸进门槛，才能开始交谈。再小的积极行为，只要日积月累，就一定会成为重启动机回路的燃料。要记住，这些燃料一定得是痴呆老人喜欢的东西，是深入了解他们的生活方式以后找到的东西。

治疗抑郁症除了需要适当的药物，还需要了解患者过去受到的严重伤害和当下的心理痛苦，然后尽可能抚慰患者。但是，冷漠症不属于心理症状，而是痴呆症破坏了大脑的动机回路，导致患者的思考和情感能力丧失。只靠药物的力量很难恢复动机回路，因此，我们要做的不是安抚老人的潜意识心理或情感，而是要理解他们平凡且特别的生活方式。例如，支撑他们面对困苦人生的事物、能够抚慰他们心灵的事物，以及让他们感到骄傲的事物。说不定能让这些痴呆老人重新动起来的珍贵钥匙就藏在单纯反复的日常生活背后。

天气变暖后
我就出院

"等天气暖和了,我就出院。"

有一位老爷爷住院后,没有申请过哪怕一次私人咨询。一天,他突然要求见我,没想到第一句话就让我有些摸不着头脑。现在还是寒冬,他说这话什么意思?他是想告诉我自己会在医院里住很久,还是想传达其他信息呢?我看着他,一瞬间大脑里思绪万千。他刚来医院时,并不是自愿住院,而且超级讨厌别人干涉自己的生活。住院初期,他常挂在嘴边上的话就是"我想快点出院"。是什么让他改变了想法呢?回想初次见到老人的场景,其实给我留下深刻印象的反倒是他的女儿。

"我爸现在肯定特讨厌我。"

女儿对父亲讨厌自己这件事确信无疑。无心之言却让我感觉到了这句话背后莫名的悲伤。不顾父亲的意愿,坚持把父亲送进医院，不可避免会被父亲埋怨，我充分理解女儿的心情。女儿每次来医院都会说父亲肯定最讨厌自己，作为监护人的女儿不断重复这句话，这句话也在我这个医生心里扎了根。我从这句话里听出了女儿的埋怨，长期守在父亲身边，她不得不在父亲面前"唱红脸"，而另一方面，我也感受到了她对父亲的怜悯。后来，听的次数多了，我才意识到，这位女儿好像是在问我：

"我爸现在真的讨厌我吗？"

孩子在母亲怀里感受爱的存在，坐在父亲宽厚的肩膀上获取步入社会的勇气。在孩子眼中，父亲是呈现世界的窗口。在父亲这扇坚不可摧的窗内，孩子无畏挫折和失败。我们之所以会打心底可怜年迈的父亲，可能就是因为我们看到了父亲上年纪后的样子，他们似乎比我们更弱小、更凄凉。那一刻，我们清楚地意识到，自己失去了最后的依靠。

特别是对于女儿来说，父亲是最特别的存在。毫不夸张地说，在女儿懂事前，父亲是最完美的理想型。《女儿需要爸爸的100个理由》一书中就描述了，女儿可以通过父亲描绘出自己的理想型，或者说是父亲期望在女儿心中树立的形象。

女儿需要的爸爸是，让女儿相信世界上至少有一个理想型是在任何情况下都不会让她失望的。

女儿需要的爸爸是，让女儿知道她可能不是其他人的宇宙中心，但一定是爸爸的宇宙中心。

女儿需要的爸爸是，在自己孤军奋战时，只要闭上眼睛就可以看到爸爸的身影。

——格里高利·E.朗、珍妮特·兰克福德·莫兰，

《女儿需要爸爸的100个理由》

女儿透过父亲形成自身内在的"阿尼姆斯"，即女性心中的男性意象，并与之融合。当然，现实中的父亲可能只是一个弱小平凡的男人，但女儿心中会形成一个最理想的父亲形象。

但从父亲罹患痴呆症的那一刻开始，父亲便成为女儿生活中死死绑住她的那个人。他不再是女儿坚实的后盾，而是女儿生活的负担。他开始连最基本的生活都无法自理。因为长时间不洗而打结的头发、已经很久没有换过的发黄的衣服，还有不知道自己有没有吃饭，身体也变得骨瘦如柴。父亲开始到亲戚家里借钱或是提出一些奇奇怪怪的要求。偶尔还会喝醉，在亲戚面前胡说八道。束手无策

的亲戚只能联系女儿。他们要求女儿想想办法，质问女儿是不是应该有人照看父亲。可是做女儿的又能有什么好办法呢？女儿恳求父亲不要再去亲戚家，可父亲却说："这是我的事，你别多管闲事。"女儿也许会对父亲这种无缘无故的固执感到厌烦。

"我自己看着办，你别管。"

长时间的固执说不定会让女儿在某一瞬间产生与父亲断绝关系的想法。

诊室里，我与老人面对面坐下。我想搞清楚，他那句"天气变暖后，我就出院"到底是什么意思。

"您最近在医院感觉怎么样啊？"

"挺好的。上次觉得腿疼，内科医生给我开了药，现在都好了，也消肿了。"

"那就好。您和女儿常联系吗？"

"我和她打过电话，不过现在已经记不清聊过什么了。"

我暂时停下来，注视着老人。就像夜晚的大海悄无声息涨潮般，痴呆症正在侵蚀老人的心。除了基本的个人卫生问题，老人表面上看起来与之前并没有多大差别，他会到大厅下象棋，也会和年龄相仿的人聊天。

"您女儿很担心您……"

"我没能为她做什么，亏欠了她很多。现在也很感谢她。"

他为什么感到抱歉，又为什么要感谢女儿呢？刚才不是还说连最近打电话说了什么都不记得了嘛。

"您为什么觉得对不起女儿？"

果然，老人给出的答案很模糊，只说了一句"我做错了，所以对不起她"。痴呆症让老人的大脑变得十分混乱，无法再做出具体回答。就在我这么想的时候，他接着说道：

"我还是会想起在我身边自己一个人玩沙子的女儿。那时候也是这么漂亮。我没为孩子们做过什么，一直以来都是他们自己打拼。"

老人最先想起来的是女儿在自己身边无忧无虑玩耍的样子。女儿记忆中的父亲和父亲记忆中的女儿之间，有一段长长的时间空白。这段空白使得彼此之间的距离越来越远。在女儿眼中，父亲是固执己见的羸弱老人，而在父亲眼中，女儿仍是那个小不点。

"尽管如此，我从来没靠过别人，这一辈子我对得起自己这张脸。女儿结婚时也是，我没钱帮女婿，可我也从没伸手向他们要过钱。"

这句话充分表达了父亲对女儿的心意。某天，女儿把结婚对象带回了家。他能做的不是说几句大家都会说的祝福，比如"你们两人好好过日子""要相互珍惜"，也不是为了女儿的幸福给他们一些金钱支持，他唯一能做的只有承诺"不向他们伸手要钱"。对老人来说，只有自己不成为女儿的负担，才能顺利把女儿嫁出去。

时间一天天过去了，老人隐约感觉到自己已经成了某些人的负担。他知道自己和女儿打了电话，却记不住通话内容。他整日在医院下象棋，看似正常，但这只是他有意简化生活的方式，目的是不让自己的生活彻底崩溃。女儿送来的内衣不见了，他也不找；裤子变黄了，他也不换。他担心自己的缺陷被人发现，所以在和别人打招呼时，经常主动说"我过得很好"。就连因为痛风导致腿部浮肿、疼痛难忍的那天，他也是这么说的。

父亲与女儿之间是伴随着痴呆症而来的变与不变。变的是"事与愿违的现实"，不变的是"心"。爱的形式不止一种。直到这一刻，父亲对女儿的爱依然是"不成为对方的负担"。那个小女孩依然住在父亲的心里。自己虽然是一个没出息，还有病在身的父亲，但他想要守护女儿的心从始至终都没有变过。到亲戚家里说些有的没的也是痴呆症状之一，但是他烦扰的对象是亲戚，从始至终都没有去找过女儿,这难道还不能说明父亲的爱女之心吗?他不想让女儿为自己烦恼。不让女儿多管"闲事",和女儿之间保持距离,同样是他不想给女儿添麻烦的一种表达方式。就像有些父母即使身体不适,也坚决不到医院看病,其实只是怕儿女花钱。做儿女的可能无法理解,对老人的固执感到不耐烦,可所有人都知道,一切的一切都源于爱。

"父亲真的在讨厌我吗?"

现在我可以给出这个问题的答案了。父亲对女儿的爱与其他人的不同,即使无法做出为你着想、让你安心的选择,但至少在努力遵守不给你造成负担的约定。那就是父亲爱你的方式。

最悲伤的现实里也有最具人情味的一面。就算不是"别人家的父亲",他还是想留住女儿心中的那个"父亲"。为了给女儿留下这种回忆,一无所有的他唯一能做到的就是待春暖花开,走出医院的大门。也可能是女儿担心父亲冬天出门不安全,特意嘱咐他天气变暖后再出去。也可能是为了女儿做出不得已的选择后,自己说服自己的理由。不管出于什么原因,我们都能感受到作为父亲的良苦用心。

妻子没事吧?

"我妻子没事吧?现在不疼了吧?"

老爷爷虽然记不清妻子具体因为什么受伤,但他酒醒后,清楚地知道自己的妻子受伤了。我本想教育他一番,告诉他"害妻子受伤的罪魁祸首就是你,所以你不能再喝酒了",可看着他脸上可怜的表情,我不得不把这番话咽回肚子里,转而安慰他说:"您的妻子已经接受了治疗,会好起来的,您不用担心。"也许是从子女那里听说我是他妻子的主治医生,刚刚结束给他妻子的治疗吧,老人突然紧紧地抓住我的手,拜托我好好照顾他的妻子。第二天、第三天、第四天……我们每天都在重复相同的对话:

"我妻子没事吧?"

老人记不住我说过的话。每次会诊他都会观察我的神色,问妻子是否安好。我也一直在重复相同的答案。

同伴痴呆症。夫妻二人同时患上老年痴呆症。痴呆症虽然不是传染病，但配偶一方确诊痴呆症后，另一方通常也会逐渐出现记忆力衰退的症状。对子女来说，没有比这更令人绝望的事情了。当然，得益于近期大众对痴呆症的关注度越来越高，很多人开始提前接受检查，但这也导致越来越多的夫妻同时确诊。医院通常会把夫妻二人看作两个个体，分开治疗。但在我收治的同伴痴呆症夫妻中，一对老夫妻改变了我的想法。

这对夫妻中最早出现症状的是老奶奶。几年前，老人因抑郁症和记忆力问题，被子女送到大学医院就诊。经过一番检查，最终确诊为初期痴呆症。生病前的老人很爱干净，但生病后，不管家里多乱，她也不会收拾房间，甚至有一次开着煤气就出门了，差点引起火灾。不过，这不是重点，最让子女担心的是老夫妻二人之间的问题。

起初，子女只觉得是夫妻间的吵架拌嘴，但在听了母亲的抱怨后，他们才意识到问题并不简单。

"你爸有别的女人了。"

母亲的话让子女大为震惊。虽然他们极力保证父亲绝对不是那样的人，但并没有改变母亲的看法。那之后，父亲喝酒越来越频繁。子女知道父亲伤心，是在借酒消愁，只得放任父亲。就这样，父亲产生了严重的酗酒问题。那段时间最常见的场景就是父亲喝醉酒后躺在家里。父亲除了出门买酒，几乎不再外出。而每次只要父亲出门买酒，母亲就会大发雷霆，质问他是不是去见别的女人。

一开始我也认为老奶奶是伴发妄想症的典型阿尔茨海默病患者，老爷爷是酒精依赖症患者。老奶奶的嫉妒妄想症让老爷爷心力交瘁，再加上照护的负担，使得他愈发依赖酒精。然后就像所有酒精依赖症患者一样，老爷爷对医院充满了抵触心理。他无法直视本人的问题，会对劝说自己接受治疗的子女勃然大怒。子女想尽办法，也无法制止父亲偷偷喝酒。这也为后来的悲剧埋下了祸根。喝醉后的老爷爷推了老奶奶，导致老奶奶严重受伤。最终，子女还是把父亲送来了医院。

住院后的老人完全没有酒精依赖症患者常见的反应。他对妻子的担心远超自己被送来医院的愤怒和对酒的渴望。他脸上的表情看起来更像是一个五岁孩子和妈妈分开后表现出的惊恐。最主要的是，老人的记忆保质期好像只有一天，然后就会自动重置。如同电影《暖暖内含光》中的约尔和克莱门汀，失去的只是两人的记忆，而两人之间的爱是永恒的。老人的记忆会在第二天清晨归零，但对妻子的担忧和恐惧之情会在每天重新产生。和老奶奶一样，老爷爷也患有痴呆症。

待在家里的老奶奶也每天思念着自己的丈夫,她像孩子一样吵着要去找丈夫。在外人看来,老奶奶心中的丈夫应该是和其他女人花天酒地,让人想要千刀万剐的仇人;而老爷爷心中的妻子应该是让人不得不借酒消愁,没日没夜折磨自己的人。可事实并非如此。

老爷爷得痴呆症的时间比我预想的要早很多,是从很早以前开始的,在家人还没有注意到的时候,就已经开始发展了。为了缓解痴呆症带来的无聊和焦虑,男性痴呆症患者常伴有酗酒问题。说不定老爷爷就是在用酒精对抗逐渐崩溃失控的现实。同时我还认为,老奶奶的嫉妒妄想症并不是单纯由痴呆症引发的症状。每天看着老爷爷默默走出家门买酒的背影,自己却无能为力,或许正是这种自责将老奶奶推向了现在这个境地,不是吗?

引发同伴痴呆症的原因极其复杂。美国犹他州立大学的卡什县痴呆进展研究成果显示,配偶一方患有痴呆症后,另一方患痴呆症的概率会增加6倍。特别是如果先患上痴呆症的人是丈夫,那么妻子患病的概率会增加3.7倍,相反,丈夫会增加11.9倍。最直接的原因就是照顾配偶的身体压力和心理压力会诱发另一方的痴呆症。但真正的原因远不止于此。华盛顿大学的彼得·维塔利亚诺博士的研究小组证实，从死亡前两年开始出现认知功能衰退的痴呆患者，在其配偶死亡一年后，其认知功能仍在继续减退。也就是说，在对照护的责任感、身体及心理压力消失后，其认知功能的衰退仍在继续发展。因此，我们需要从内在神经病理学疾病过程出发，深入探究同伴痴呆症问题。

夫妻二人中任一方罹患痴呆症都是一场悲剧。不过，照护患者的另一方配偶，特别是在由妻子照护丈夫的情况下，大多数夫妻是可以克服患病带来的困难的。可同伴痴呆症截然不同。这不是简单的一加一等于二。子女有能力把父母二人都送进医院，算是不幸中的万幸。我最不愿意看到的情形是，连子女也无法提供照护。如今对夫妻同伴痴呆症患者的统计尚处于灰色地带。但我能清楚地感觉到，来医院就诊的夫妻患者数量明显增多。这一问题急需社会的关注。真心希望不要再有人承受故事中这对老夫妻感受到的焦虑和哀怨。

故障后知后觉

"我妈以前特别喜欢打花图[1]。"

曾经的老奶奶一见花图就不要命。她说红色的牌背、白色的牌面和画在上面花花绿绿的小巧图案都可爱极了。她有自己偏爱的牌,因为这种牌手感特别好,打牌时有种牌桌高手的感觉。没有什么比在敬老院玩花图赢钱更让她骄傲的事情了。每次赢了钱,她都会到小卖部买满满一袋子的冰激凌去看外孙子。自己一个人的时候,她就用花图算命,用这种方式解闷、打发时间。她的梦想是一夜暴富,所以她最喜欢的牌是光牌"桐上凤凰"。每次用花图占卜抽到桐上凤凰时,她都会一边说着"这张牌得收

---

1 花图:一种纸牌游戏,共四十八张牌,每四张构成一个月,共十二个月。玩家按顺序出牌,拿走同花得分。下文中的"桐上凤凰"是代表十二月的光牌,分数最高。——译者注

下",一边举起牌,然后轻快地把它甩到地板上。然而有一天,可能是要下雨的缘故,她感觉全身发沉,于是走回卧室,像往常一样拿起了毯子上的花图。

"妈,干吗呢?"

女儿在她身边坐下。可那天很奇怪,老人把花图摊在毯子上后,就那样直愣愣地盯着牌。

"怎么了,您哪不舒服吗?"

"……"

"妈!"

沉默了许久的老人像是突然清醒了过来,看着女儿喃喃自语道:

"可能是天不好吧,我得躺会儿。"

看出母亲脸上的疲惫,女儿准备让母亲一个人好好休息一下。她很快站起身,但就在那一瞬间,女儿第一次捕捉到了母亲眼中一闪而过的陌生感。过了很久,当老人再次从房间里走出来时,又恢复了往日女儿熟悉的模样。母亲那陌生的眼神被平凡的日常生活掩盖,很快便被女儿抛到脑后,成了留在女儿记忆中的"那天"。

当时谁也没有料到,接下来的走向完全超出了女儿的预期。时间就这样一天天过去了,一天,母亲突然对着自己大喊大叫,说钱没了,女儿这才意识到问题的严重性。

母女二人到医院时,老人的痴呆症已经发展到无法逆转的程度。

其实,这对母女的情况并不是个案。很多陪同父母到医院看病的子女都会提到记忆中的某一刻,父母突然变得陌生,不再是自己熟悉的样子。然后就是对自己没有充分重视那一瞬间的后悔和自责。"他总是重复说同样的话,我以为他只是上了年纪耳朵不好才会这样。""我妈做饭突然掌控不好咸淡了,我还怪她,让她以后点外卖好了。"他们之所以记着那一瞬间,就是因为他们隐约感觉到了有事发生。但是,十个子女中有九个会很快否认问题,然后忘掉那一瞬间。最后就是,直到病情恶化到不可逆转,他们再也无法放任不管的时候,才会来到医院,向医生诉说自己的困惑。

"我不知道痴呆症会发生得这么突然。"

物品出现故障,我们很快就能察觉。每天安静运行的电脑突然变得很卡,发出异响,我们大概就能知道一定是哪里出了问题,用不了多久了。开车的时候也不例外,感受到一点平时没有过的轻微抖动,我们就会立刻把车开进修车行。特别是自己的心爱之物,一点点瑕疵都逃不过我们的眼睛。可奇怪的是,到了人的身上,这条法则就不起作用了。这条法则对在一起的时间越长，或是感情越深的人，越不适用。相比之下，我们更容易发现久违的朋友或是邻居的细微变化。由此可见，对这种异常的忽略并不是因为我们不关心。

因为忽略父母的变化而产生的后悔和自责折磨着每一个子女。但在我看来，他们并非迟钝的人，而是比任何人都要了解并理解自己的父母，比任何人陪伴在父母身边的时间都要长。他们和父母一起哭、一起笑、一起争吵，用这种方式交流情感。那么，是因为他们无知吗？最近无论是网络还是广播电视，就连保险广告都在宣传痴呆症，他们不可能不知道。政府也打出了"痴呆症国家责任制"的旗号，积极宣传痴呆症预防方法。

那是因为他们的父母没有像"别人家的父母"那样提前预防痴呆症吗？预防痴呆症的方法已经是老生常谈，专家每天都在强调要多运动、调节饮食，连耳朵都要听出茧子来了。谁也不能否认努力预防痴呆的重要性，但是，我们始终要注意宣传内容的因果关系。并不是说不运动或者不调节饮食就一定会引发痴呆症，也可能就是"生病"了。我们不能忽略"偶然"在生病中占的比例。把生病的责任全部揽到自己身上，然后陷入盲目的自责或后悔之中，这种做法是不可取的。

我的结论是，因为是子女和父母的关系，所以才会对异常后知后觉。对于子女来说，父母就像巍峨的高山，可以用坚实伟岸的身躯将子女保护在怀里。所以他们很难接受父母变得弱不禁风、憔悴的样子。子女希望父母随时都能够站在自己身边支持自己，牢牢抓住摇摇欲坠的自己，在自己精疲力竭的时候成为自己可以暂时避风的港湾。

小时候和父亲一起去澡堂洗澡，那时候父亲的背看起来是那么宽阔。帮他打上肥皂，搓了几十下就嚷嚷着没劲了。但是在我成年后的某一天，我看到坐在椅子上的父亲，他的背已经佝偻，而且是那般消瘦。以前可以让我放心倚靠的宽阔后背和肩膀，如今已经不复存在。应该不是只有我会因为这种事感到伤心吧。做子女的强烈希望可以摆脱这份陌生的心境，没有一个子女愿意承认，也不想接受，这需要时间。这种强烈需求蒙蔽了子女的双眼，让他们无法发现父母陌生的转变。

反观父母，他们也不想成为子女的负担。他们希望自己的孩子可以更加开心，可以拥有平凡的生活。所以，父母不会告诉子女这些，他们不想让孩子担心，那些小挫折他们甚至连提都不会提。就连做梦他们都想看见子女的笑容。正因如此，在走进医院大门那一刻，子女因为这样的父母变成了不孝子。

"怎么病成这样都不知道?每年不定期体检吗?没单独做过相关检查吗?"

面对这样的问题,子女只能干瞪眼,一句话也说不出来。某一刻,他们真的会觉得是自己的疏忽才让问题发展到这种程度的,于是开始陷入无尽的后悔和自责之中。

女儿完全不知情。那天,女儿到社区医院帮母亲取降压药,好久没有见到老人的医生向女儿询问老人的情况。

"好久不见。要叮嘱您母亲,一定要按时吃降压药,一次都不能落下。"

看过诊疗记录后,医生再次询问女儿:

"您母亲做过检查了吗?"

"嗯?什么检查?"

"您母亲最后一次来时,问我打花图能不能预防老年痴呆。我看她挺担心的,就建议她去做个记忆力检查。"

那一刻女儿才知道:

"母亲也在害怕啊。"

怎么会不怕呢?可母亲在女儿面前,对这件事只字不提。那一刻,女儿的心中充满了对母亲的愤怒,还有歉疚和悔恨。

父母在潜意识里不愿意向子女展露自己软弱的一面。或许是因为知道你在面对深渊时有多么胆怯，才会提前遮住你的眼睛。父母也会害怕，也会恐惧，而在恐惧之余，他们依然想要守护自己的挚爱，所以他们无法对你说出口。

后知后觉的故障，身为儿女更觉悲伤。可你能做的几乎为零。没有重视那一瞬间并不是你的错，只是因为你是他们的儿子，是他们的女儿，而你有一个不想让你伤心的父母而已。

03

别离
爱依旧

灾难反应

"砰"。

视线瞬间模糊,大脑一片空白。我仰头朝向天花板,不用看也知道身边的护士一定在憋笑,作为大型社死现场的主角,现在疼不疼已经不重要了。这件事发生在我上午查房的过程中,一位患有老年痴呆症的老爷爷一大早就无缘无故地闹脾气,我正在给他检查,谁知他突然抬头,好巧不巧,他的头正撞在我的下巴上。我缓了缓神,重新看向老人,只见老人正瞪着两只大眼睛看着我,眼神里充满了慌张。遗憾的是,老人已经不记得为什么要突然撞向我。我不知道,老人自己也是一头雾水。

"哎呀,老人家,我到底做错了什么啊?"

攻击性是老年痴呆症患者住院或是入住专业看护机

构的主要原因之一。其实，与其说攻击性是一种特别症状，不如说是人类具备的重要本能。现代社会追求"自我主张"，这不仅是新时代的重要价值，也是自尊心的一部分。其实，这种自我主张与儿童时期经历攻击性的方式，以及是否可以通过调节将其转换成适合自己的形态有密切关系。换句话说，儿时受到的伤害，或是愤怒到极点后爆发的经历并不一定是坏事。该发火时就应该发火，总是没脾气反而会造成更严重的心理疾病。但是，老年痴呆症患者的攻击性和普通愤怒并不一样。

老年痴呆症患者表现出的攻击性是一种"灾难反应"。英语"灾难"的词源是希腊语"katastrephein"。其中，"kata"的意思是"下去"，"strephein"是"翻转"，合在一起指大地上下翻转，即古代被称为"神之灾难"的地震，后来引申指出乎意料、颠覆的事情。从这个角度理解老年痴呆症患者的攻击性，可以总结出以下两大特征：第一，表达愤怒时，如同大地上下翻转一样强烈；第二，会在始料未及的情况下爆发。

能否预测是判断一个人的攻击性是否危险的重要标准。攻击性再强的患者，只要掌握了其"怒点"，就足以应对。但是，大部分老年痴呆症患者就连自己也不清楚自己为什么会生气。你可以想象一位老年痴呆症患者，早上起床后感觉胃不舒服，心里有些不耐烦。他打开房门，一眼就看见了坐在客厅的儿媳妇。这一刻，胃疼影响心情的逻辑环从痴呆老人的大脑里消失，心情不佳的逻辑环转而连上了出现在眼前的儿媳妇。也就是说，他生气的理由从胃疼变成了儿媳妇。结果必然是痴呆老人莫名其妙地开始向儿媳妇发火。这种反应被称为老年痴呆症患者的灾难反应。

慌张是面对痴呆老人灾难反应的唯一情绪。毫无征兆的歇斯底里或是挥拳相向会打得人措手不及。武力镇压，还是什么都不做，只是老老实实站在一旁？你可以在老人怒气值直线上升的时候，找准时机，尽可能转移老人的注意力，或是抓住老人的手，把他带到其他地方，交给看护人员。一定要态度温和地询问老人为什么生气，尽量让周围的氛围变得平静下来。但要注意，这样的应对方法只适用于处于烦躁初期的老人。老人的情绪一旦转为愤怒，照护者就只能在一旁干瞪眼了。

反复经历这种情况的患者家属或者疗养院通常只会想到一个办法，那就是药物治疗。药物治疗可以在短时间内起到显著作用，但是千万不要认为用药物控制住老人的怒气后就可以万事大吉。我们应该深究其原因，了解老人生气的真相。有时候跳出医学限制,像电影《本杰明·巴顿奇事》那样,把老人看成在"返老还童",更有助于理解痴呆症患者。不如试着把具有攻击性的老人当作只会哭闹的一岁小孩。

一岁小孩不停哭闹,妈妈最先会想到什么?最近为了帮助妈妈理解孩子的哭声,还发明了手机应用程序。大部分妈妈会想到以下问题:

是饿了吗,还是要换尿不湿了?
是因为无聊,让我陪他玩吗?
是在闹觉吗?
是在害怕什么吗?
是因为把他一个人留在这里,生气了吗?

接下来再看一下老年痴呆症患者产生攻击性的普遍原因,我们会发现竟然可以和上述内容一一对应:

生理需求,身体不适。
无聊。
睡眠障碍等其他恶性痴呆症状引发的攻击性恶化。
对恐惧、焦虑的自我防御(这可能是妄想或幻觉一类症状的反应，也可能是对陌生环境或陌生人的恐惧）。

自尊心受到伤害。

在众多原因中，深入探究生理需求可以帮助我们有效降低患者的攻击性。有一位老年痴呆症患者，只要一到上午十一点，他的妄想症就会加重，攻击性也会随之加强，这种行为模式十分诡异。护士经过细心观察，发现患者的异常行为源自饥饿感，于是成功用一顿加餐化解了问题。如果只把这种情况简单视为恶性痴呆症状的恶化，盲目增加药量，结果只会更加严重。探究攻击性背后的原因需要对患者有足够的关心。

近来，受新型冠状病毒肺炎（下文简称"新冠"）疫情影响，老年人的户外活动减少，因无聊引发的问题逐渐增多。要知道，恶性痴呆症的首选治疗方法并不是药物治疗，而是通过日间照料中心或痴呆症休养中心等专业机构保持患者的社会活动，鼓励患者进行身体运动，同时配合药物治疗，但现实情况并不如意。"新冠抑郁"[1]导致很多人的心理状态不容乐观，新的社会环境要求我们集思广

---

[1] 新冠抑郁：Corona Blue，由"新型冠状病毒"与"抑郁症"组合而成的韩国新造词，指新型冠状病毒肺炎大流行改变了生活，从而产生的抑郁感和焦虑感。——译者注

益，想方设法防止老年痴呆症患者与社会脱节。这个时候，一通电话或者一次家访要比任何药物治疗都管用。这些老人想对我们说的话就像拼图，只要我们肯花心思，就一定能够拼出一幅完整的画作。

后来我从护士那里听说，老人因为清晨血糖过高，需要注射胰岛素和输液。由于血管不清晰，被扎了好几次。老人当时没说什么，但心里憋了一口气，所以就发泄到了我的身上。我也是一个普通人，对老人把我当成出气筒这件事也会心生怨念。但就在我尝试理解老人的行为，尽量完成他这张拼图的过程中，怒气不知不觉消失了。虽然被老人撞过的下巴还是火辣辣的，但我不再委屈。后来查房，我在老人的床头柜里找到了他藏起来的几条速溶咖啡，老人的五官瞬间拧到了一起。我也不自觉地紧张起来，但为了他能够稳定血糖，不再受"扎针"之苦，我还是做了我应该做的事情。

"老人家，等您血糖降下去了我再还给您。您就先忍一忍吧。"

老人把头转向另一边，只留下了一句："一定得还我啊。"

老人没有像平时那样纠缠，实属令人意外。大概是对撞我那一下心里过意不去吧。我的心情也随之轻松了不少。

"谢谢您,老人家。"

朋友，听听我的故事

您是否看到过这个世界上不存在的东西或是听到它们在耳边低语？普通人也常在睡眠前后，或是承受巨大压力时产生暂时性幻觉。当然，这种情况只是暂时性的，大部分不会进一步发展。但是，如果幻觉过于真实，甚至与现实混淆，长此以往，二者就会在某一瞬间彻底融合，现实也会开始加速扭曲。明明身在同一个时间、同一个空间，却仿佛活在另一个完全不同的世界，这种感觉让人脊背发凉。在我的记忆中，与一位老爷爷的见面就给我留下了难以磨灭的恐惧感。

老人住院时已经年过古稀，他第一次出现在我面前就给我留下了深刻的印象。因为长时间没洗头，老人一头乱蓬蓬的白发已经打结，身上穿的衣服看起来也很久没有换过了，矮小的身子佝偻地立在那里。我断定他是重度痴呆症患者。但是，随着对话的不断深入，我突然发现他可以很冷静地表达自己的想法。

"我好得很，是家里人的问题。他们总干涉我的生活，没人相信我。您不会也和他们一样吧？看表情就知道，你们都一样。如果不是，那我先谢谢您。您不知道吧，我以前可是做……"

老人年长我很多，却对我客客气气的，慢条斯理地表达自己的想法。后来，他突然开始对我说起了自己的工作经历，他以前在政府机关工作，仕途平坦。用他家人的话说，老人对自己的社会地位很自豪，一辈子都在努力保全自己的地位。

但自从患上痴呆症后，一切都变了。明明是老人自己记不住，做错了事，他却从不承认问题出在自己身上，反而迁怒于家人，家人只能默默承受这一切。后来，他开始频繁迷路，在大街上徘徊。直到有一天，老人浑身是伤地站在家门口，一起来的还有警察。老人寒碜的样子成了压垮家人的最后一根稻草。不知道他在哪里摔了跤，衣服上满是泥土，头发里还夹杂着树叶和树枝。过去，他位高权重，用一堵高墙把所有想要触犯他地位的人挡在墙外。家人开始对他怒吼，质问他为什么要出去，老人只是平静地说了一句："我出门见朋友。"

老人回到病房后，又申请了一次私人咨询，这次的要求是不要家属陪同。一开始我以为他是要告诉我一些不能让家人听见的秘密。有这种要求的病人常受妄想症影响，向医生抱怨家人为了抢夺财产而对自己拳脚相向，要把自己饿死，甚至在食物里下毒。可这位老人的反应却完全出乎我的意料。平时我去查房，老人总是一副强压怒火的防御状态，但今天不一样，似乎是做好了与我开诚布公谈一谈的准备，老人的脸上有为难，还有愧疚之情。

"我磨破了嘴皮也没人信我说的话。我觉得你会信。我是来这种地方的人吗？其他人都是这么看我的！我被送来这里，不能遵守和你们的约定了，对不起。"

我一时语塞，他的表情和语气转变过于突然，再加上，我根本想不到自己和他之间有什么约定。后来我仔细观察老人的神情，终于发现了问题所在。他的视线越过了站在他面前的我，落在了我的身后。那一刻我百分百肯定，老人出现了幻视，幻视对象是他的朋友。他就这样在我面前自言自语，诡异的画面让我全身汗毛直立。

事后经检查确诊，老人患上的是路易氏体型失智症。幻视是这种痴呆症最典型的初期症状。与阿尔茨海默病相比，路易氏体型失智症的幻视更频繁、更鲜明，而抑制幻视的抗精神病药物极易引发人体僵硬颤抖的副作用。从医学角度来看，这种病发病初期症状严重，用药困难，对患者和家属都是一种折磨。

除了痴呆症，引发老年人出现幻觉的原因还有很多。术后身心耗弱、脑出血造成的脑部受损、酒精依赖症的戒断症状等都会使大脑变得极其敏感，从而出现谵妄，人在这种状态下极易产生幻觉。我负责的一位谵妄症患者就曾经突然拉开病房门，说看到病房里有一个嘴和头发倒长的怪物，四脚着地爬向自己。后来怪物四脚并用地钻到了床底下，说不定是准备乘虚而入，吃掉自己，所以他一夜没合眼，目不转睛地死死盯着床下。谵妄症中，幻觉创造的形象恐怖真实且极具冲击力。我们平时也可能看见未曾感知过的形象或是声音形态。但是，这种幻觉存续时间不长，现实认知恢复后，幻觉就会立刻消失。好像做了一场十分可怕的噩梦后惊醒的样子。

而痴呆症的幻觉不同。普通退行性痴呆症患者会在过去现实经历的基础上形成具有强烈画面感的幻觉。就像来自回忆的真实幻觉填补了支离破碎的现实，他们会自然而然地接受这份幻觉。正因如此，他们在幻觉面前并不会畏缩，很少会害怕，大部分情况下与平时一般无二。

我的姑姑同样饱受痴呆症的痛苦。她会产生幻听，听见四十年前租住自己房子的小媳妇叫自己。幻听的内容非常现实，她说她清楚地听到了小媳妇叫自己的名字，说会把拖欠的房租补齐。虽然已经过去四十年，但丝毫没有影响幻觉与现实的融合。像我姑姑这样，痴呆症患者的幻觉有时候反映了一个人的生活。上文中的老人，他的幻觉和生活又有什么关系呢？

后来我从家属那里听说，老人有三个从小玩到大的朋友，他在幻觉里看到的人就是其中之一。老人性格倔强，疑心又重，从不给别人抓住自己把柄的机会。说来奇怪，这样的老人竟然和这三个人维系了一辈子的友谊。老人不苟言笑，只有在朋友面前才会放松下来，高兴得像个孩子。他确诊痴呆症之后的故事给我带来很多感触。老人经常忘记和朋友的约定，但他们从没有责备过老人。聊天过程中，老人突然说起别的事情，他们也会热情地响应。他们会注意每一个细节，绝不伤老人的面子，只会在家属面前表达对老人病情发展的担忧，在老人面前则一切如常。痴呆症恶化后，老人不方便会客，他们就改用电话聊天。和他们在一起的每一分钟，老人不再是一位需要照护的痴呆症患者，而是一个犯了糊涂的朋友。

英国作家阿兰·德波顿在《哲学的慰藉》一书中引用

了古希腊哲学家伊壁鸠鲁的话:

> 对人类来说,个体得不到他人的关注就等同于不存在。我们说出口的话本没有任何意义,直到有人理解。被朋友围绕的生活让我们能够不停确认自己的本性。
>
> ——阿兰·德波顿,《哲学的慰藉》

老人的幻觉使他丧失了自我,但正因如此,他生命中最重要的事物才得以显现。他在内心深处依然记挂着自己的朋友,他的幻觉就像一部放映机将场景直接投射在白色荧幕上一样,让朋友们的身影出现在自己面前。

痴呆症通过幻觉向我们讲述存在的真谛,没有人可以脱离关系独立存在,我们会想一直陪伴在某个人的身边,分开使我们陷入思念。如今在我眼中,老人的幻觉是如此情真意切。

别离爱依旧

诺贝尔文学奖得主艾丽斯·芒罗写过一篇短篇小说,名为《熊从山那边来》。小说透过一对夫妻探讨了记忆和爱情对我们的意义,这对夫妻中的妻子患有痴呆症,而丈夫一直默默守护在妻子身边。

曾是大学教授的格兰特与菲奥娜是一对相濡以沫五十年之久的夫妻。随着菲奥娜的记忆力衰退,她开始出现一些出人意料的异常行为,两人之间的悲剧也就此拉开序幕。菲奥娜意识到自己的阿尔茨海默病日渐严重,于是苦苦哀求丈夫送自己去疗养院。

格兰特把妻子送入一家名为"梅多莱克(草地湖)"的疗养院,并且严格遵照院方规定,与妻子分开了一个月。一个月后的第一次会面,格兰特的心中产生了一种与菲奥娜初识时的悸动。可令他万万没有想到的是,受痴呆症影响，菲奥娜已经认不出他了。命运的玩笑没有就此停止，彻底忘记丈夫的菲奥娜与疗养院的另一位患者奥布里相爱了。格兰特无法接受这一切，除了认为这是妻子在跟自己开玩笑，他想不到任何其他解释。他只能跟在两人身后，在紧闭的房门外探头探脑，想象门后的两人在做些什么。

很快奥布里离开疗养院，被他的妻子接回了家。菲奥娜十分难过，寝食难安。为了菲奥娜，格兰特不得不找到奥布里的妻子，说服她把奥布里送回疗养院。后来，当格兰特再次到疗养院看望菲奥娜时，情况发生了惊人反转，菲奥娜恢复了对格兰特的记忆。

"你能来，我很开心。"她捏着他的耳垂，说道。

"我以为你扔下了我。我以为你不再关心我，把我一个人丢在这里。我以为你要抛弃我，把我忘记。"她说。

格兰特用脸摩挲着她的白发、粉粉的皮肤，最后把下巴放在她可爱的头顶上，告诉她："我从来没有丢下你，就连一分钟也没有。"

——艾丽斯·芒罗，《熊从山那边来》

事实上，在格兰特担任大学教授时期，曾因出轨给菲奥娜留下了无法磨灭的创伤。但是，人生通过"痴呆症"这一设定改变了菲奥娜和格兰特的立场。菲奥娜记忆中的格兰特一消失，她便与其他男人坠入爱河。而格兰特呢，他明白了自己曾经带给妻子的伤害，心生悔恨，菲奥娜也在此时重新认出了格兰特，仿佛中间的一切都没有发生过。痴呆症不断操纵着菲奥娜的记忆，丈夫格兰特也从伤自己最深的人变成了初次见面的陌生人，最后又变回了她一生唯一的爱人。小说结尾两人重归于好，看似幸福，实则充满了悲情。因为我知道，今后他们的爱情依然会被她的记忆左右。

美国临床心理学家维克多·弗兰克尔在《活出生命的意义》一书中表示，在最恶劣的环境中可以深入了解人类的本性。从这个观点来看，痴呆症或许真的对我们理解"人类爱情"这个话题有所帮助。记忆在爱情中的分量很重，这一点毋庸置疑。但是，如果真的像小说那样，维系了数十年的爱情只因为记不得就消失得无影无踪，这对我们来说实在是太残忍了。

真的只是这样吗？确诊痴呆症，就是宣判患者失去谈情说爱的资格了吗？我突然想起了一位老年痴呆症患者的故事。那是一位参加痴呆症治疗项目的老奶奶。每次走进住院部的活动室，她都会先安安静静地坐在角落里，随即便目不转睛地盯着一个地方，连眼睛都不眨一下。她的视线总是落在一位身材高挑的老爷爷身上。只要看见老爷爷，老奶奶就会像花季少女一样，眼睛里闪烁着光芒。可她从始至终只是坐在那里，没有过去与老爷爷交谈，也从没有装作彼此相识的样子。赶上其他老奶奶走过去和老爷爷讲话，她会立刻面露凶光，嘴里嘀嘀咕咕说个不停：

"竟然敢明目张胆勾引我老公，狐狸精。"

起初遇到这种情况，现场的医护人员担心老人会突然做出一些失控的事情，后来经过一段时间的观察，发现老人什么也不会做。等其他老奶奶走了，老爷爷又变成一个人的时候，她看向老爷爷的目光会再次变得温柔起来。事实上，这位老爷爷并不是老奶奶的丈夫，两人顶多会在走廊碰面时打个招呼，再无其他联系。我不知道为什么老奶奶会错把这位老爷爷当作自己的丈夫。

作为患者家属或者主治医生，我们会先担心老奶奶，怕她陷入错觉妄想症，突然向对方做出过激行为。其实，真正让我在意的不是老奶奶是不是真的把老爷爷当作自己的丈夫，而是她的情绪。只要看到对方就会变得很幸福，还会对站在老爷爷身边的其他女性产生嫉妒之情，这些都是老奶奶最真实的情感。痴呆症和妄想症虽然让老人把一位陌生人误认为自己的丈夫，但她"爱着"某人的心依然在跳动。

我记得曾经看到这样一句话："人类需要的不是生活的意义，而是'有意义的感觉'。"说不定这是人类刻在骨子里的东西。用什么证明自己"还活着"，那就是"还可以爱"。

即使是失去人类尊严的痴呆症患者，他们的心中依然会追求爱。当这最后一点点人性消失的时候，也就失去了爱的能力。就像鱼在死之前会张大嘴巴拼命呼吸一样，说不定在这点人性消失殆尽前，人类很难停下追求爱的欲望。就算用其他东西把心填满，也无法阻挡这由上而下流动的欲动。提到"爱"，我们总会联想到这世上最唯美、最平和的样子，可拨开这层欲望，我们看到的并不是那般美好，我们面对的是所剩无几的人性，就像临终前吐出的最后一口粗气一样令人心痛的行为。

痴呆症左右的记忆会改变"爱"，但"可以爱"的本能会一直坚持到最后。面对患者作为人类最后保留的这种行为，我们能做的只有接受和关注。

再见,罗宾

《死亡诗社》《心灵捕手》《妙手情真》《早安越南》《无语问苍天》……

罗宾·威廉姆斯出演了无数部或催人泪下,或温暖人心的电影。但是,他的人生结局却鲜为人知。很多人只是大概知道他于2014年用极端的方式结束了自己的生命。

对于自杀原因,外界众说纷纭,有说是因为酒精依赖症和吸毒,有说是因为出现了经济问题……每每看到这些报道我都会惊诧不已,他透过电影告诉我们应该如何用微笑和幽默对抗生活的沉重,这种结局似乎永远不会和他扯上关系。

2016年,我看到了罗宾的遗孀苏珊·施奈德对他的回忆,她首次透露罗宾之所以选择结束生命,并不是单纯的依赖症或抑郁症,而且他在生前,曾经试图守护住自己因患痴呆症而支离破碎的生活。

折磨罗宾的是路易氏体型失智症,这个名字对大众来说可能有些陌生。路易氏体型失智症患者占痴呆症发病总人数的10%—25%,发病率仅次于老年性退行性疾病中的阿尔茨海默病。路易氏体型失智症的特点是会出现幻视、帕金森症状,以及一天之中多次昏厥。不过,这些症状并非路易氏体型失智症的特例,阿尔茨海默病或帕金森病同样会出现上述症状,因此在痴呆症类型的鉴别诊断上存在一定困难。再加上路易氏体型失智症无法通过一般的痴呆症检查项目确诊,只能通过死后尸检才能真正确诊,所以罗宾一开始很难了解自己的病情。

除了路易氏体型失智症症状本身造成的极大痛苦,我认为真正令罗宾绝望的是对未知病情的恐惧感。

罗宾逐渐丧失理智,这一点他自己也很清楚。你能想象他感受着自己逐渐被瓦解的痛苦吗?令我们倍感煎熬的是,即便使出浑身解数依然无力挽救,在这种令人恐惧的变化面前,做什么都无济于事,罗宾只能一个人面对这份黑暗。他一直说:"我真想重启我的大脑。"他接受了临床评估、精神科评估、血液检查、尿液检查、皮质醇浓度检测、心脏功能评估等一系列检查,可除了被称为"压力荷尔蒙"的皮质醇浓度偏高,其他检查一切正常。

——苏珊·施奈德·威廉姆斯,《我丈夫脑内的恐怖分子》

2013年,罗宾·威廉姆斯首先出现的症状,是经常出现在普通人身上的焦虑。情绪敏感会导致身体的自主神经系统进入亢奋状态,心跳加快,随后出现口干舌燥或者流冷汗等身体反应。没有专家可以仅凭焦虑就精准预测出路易氏体型失智症。他最早出现的左手轻微颤抖说不定也被看作焦虑引发的暂时现象。

可最终的结果是,罗宾反复出现的过度焦虑和恐惧是路易氏体型失智症的症状。之所以会产生此类症状,是因为名为"路易氏体"的毒性物质大量堆积在脑扁桃体,而这个部位负责产生焦虑和恐惧等情感,随着病情的恶化,还会出现不稳定的情绪波动和多疑等症状。同年10月,罗宾因便秘、排尿困难、烧心、反胃、失眠、嗅觉变弱、左手颤抖、肠胃不适等症状选择就医。为了治疗未知的疾病,罗宾开始接受心理咨询和药物治疗。然而入冬以后,他又出现了多疑和妄想症状。随着越来越多的路易氏体堆积在他的脑内,症状也变得多样化。2014年4月左右,罗宾在身体极度不适的情况下,还是坚持拍摄了电影

《博物馆奇妙夜3》。也正是在这段时间,他的焦虑症发作且愈发严重,经常会妨碍他的拍摄。要知道就在三年前,他还出演了话剧,超强的记忆力使得他从没有在台词方面出现任何纰漏,可在这部电影里,他连记住一句台词都很吃力。在拍摄他的最后一部电影《博物馆奇妙夜3》期间,医生推荐他服用抗精神病药物缓解焦虑,万万没想到的是,这些药物非但没有起到任何效果,反而加重了他的焦虑。

只要在拍摄途中产生不安感,罗宾就会打电话给妻子,有时候一天就要打上好几通。他开始对自己的演技失去信心,尽可能避免在片场与他人交流。他不想让别人看见自己不堪的一面,他会在工作结束后一个人留下来,复盘自己是否出现失误。希望被现实击碎,混乱与恐惧笼罩着夫妻二人。2014年5月28日,医生告诉二人,罗宾的表现很可能不是单纯的抑郁症或恐慌症,而是帕金森病。两个人终于可以为找到了答案而长出一口气。

帕金森病让罗宾的表情变得僵硬,声音也逐渐变弱,他已经无法继续演员这个行业。不仅左手的颤抖持续不停,就连帕金森病最典型的症状之一——小碎步的走路方式也逐渐恶化。无休止的治疗让罗宾逐渐感到疲惫和极度沮丧。后来,他每天都要经历昏厥—清醒—再次失去意识的过程，循环往复。这也是路易氏体型失智症的症状之一。路易氏体型失智症患者可能前一天晚上还不知道自己在哪，也认不出人，第二天一早就恢复正常，不承认自己犯过糊涂，让家人不知做何反应。

算是不幸中的万幸吧，中间更换帕金森病药物后，罗宾的症状有所缓解。但最后，他还是选择结束自己的一生。其实，患者自杀多半不会发生在最痛苦的时期，而是痛苦稍有缓解后，瞬间涌上心头的情感迫使患者选择这种极端方式。比如抑郁症患者，他们的自杀行为多半不是发生在意志最消沉的时期，而是稍稍恢复精力后。再比如以幻听、妄想为主要症状的精神分裂症患者，相比病症最严重的时期，更应该在精神病症状缓解后的一两个月时间内注意患者的安全。痴呆症患者也不例外。痴呆症初期，患者尚未完全失去自我，但每天经历崩溃，这个时候自杀的可能性最大。但是，无论出于何种原因，罗宾的离世太过突然，突然到让所有爱他的人慌了手脚，也包括一直守护在他身边的妻子。

> 换药后，他的情绪有所缓解，心中重新燃起了希望。8月第二周，罗宾的症状相对稳定了下来，我们度过了一个久违的完美周六。周日晚上，我觉得他已经有

所好转。像往常一样,我在睡觉前对罗宾轻声说:"晚安,亲爱的。"然后我等来了罗宾熟悉的回答:"晚安,亲爱的。"这是我和他最后的对话。8月11日,周一,罗宾与世长辞。

——苏珊·施奈德·威廉姆斯,《我丈夫脑内的恐怖分子》

正如苏珊在接受采访时所说,在罗宾自杀前一周,他接受了神经认知检测,即痴呆症检查,他知道自己被确诊为"老年性退行性痴呆症初期"。这是无论付出多少努力也改变不了结果的情形,这种说不定会失去自我的苦痛,有谁能够理解呢?罗宾死后三个月,其脑部尸检报告显示,罗宾患的是路易氏体型失智症。苏珊终于有机会可以回过头,好好看一看丈夫在过去那段时间经历的痛苦,还有痛苦背后的意义。为了其他可能经历这种痛苦的人,苏珊选择向大众讲述罗宾在生命最后一年发生的事情。

罗宾·威廉姆斯的人生结局让我想起他主演的一部电影,名字叫《无语问苍天》。这部电影根据真实事件改编,在这部电影中,罗宾担任医生塞尔一角。他的患者伦纳德(罗伯特·德尼罗饰)患有强直性昏厥症,昏迷了三十年之久。塞尔通过使用左旋多巴(帕金森药)成功使强直性昏厥症患者从昏迷状态中苏醒。躺在疗养医院的患者奇迹般重获新生，醒来后，他最想要的不是普通人追求的金钱、爱情、名誉或者地位。

"你想要什么？"

"很简单，散步。只要我想，就可以像正常人一样散步。"

我忍不住想，罗宾最后一刻渴望的、想要守护的，会不会也是最平凡的日常生活？我知道，他并不是被病魔击垮后眼睁睁地看着自己全盘崩溃，而是勇敢地孤军奋战，只为找到一个答案，直到生命的最后一刻，他也在试图记住自己倾尽所能的样子。

"再见，罗宾。"

妈妈的分离焦虑

"妈,从这边进。您坐这儿,和医生打个招呼。"

看起来已经年过花甲的儿子陪着年近九十的老母亲走进了诊室。儿子像教小孩一样,一步一步告诉老母亲该如何做。

"我妈在别的医院被确诊为痴呆症。这是病历,我还带了她现在吃的药。"

在儿子对我说明情况的过程中,老人一句话也没有,就静静地坐在椅子上。我问了儿子几个问题,后来担心老人会感觉自己被我们孤立,便转头看向她。和我对视后,老人只是不好意思地笑了笑,依然没有说话。我没有从她的脸上看出一丝焦虑、恐惧或是愤怒的情绪,可以说她是典型的良性痴呆症患者。头发花白的儿子默默地看着自己的母亲,告诉了我他真正担心的问题:

"我妈现在看起来很正常,可只要我一离开她就会出问题。看不见我,她就会特别不安。"

儿子在其妻子过世后,便搬来与母亲同住。患痴呆症前,老人十分担心孑然一身的儿子。她总说没有比落魄的鳏夫更凄惨的了,所以每天换着花样地给儿子准备一日三餐。她从不会在儿子回家前睡觉,加班后晚归的儿子坐在餐桌边吃饭,她就坐在儿子边上,把小菜一个一个夹到他的勺子上。她经常问朋友自己不在了谁来照顾儿子,还嘱托朋友在自己百年后做些小菜快递给儿子。

甚至在出现痴呆症状以后,老人依然如此。她就像影子一样跟在儿子身后,形影不离。只要儿子不在身边,她就会立刻表现出焦虑的情绪,在自家门前走来走去,等着儿子回家。儿子要上班,又不能把老人带到单位,实在是不知道该如何是好。值得庆幸的是,老人的活动范围一直没有离开家。可该来的最终还是来了。一天,总是在大门前等待儿子的老人不见了。儿子慌里慌张地到警察局报案。万幸,警察很快在附近的街道找到了正在路上徘徊的老人。

那天,警察警告儿子,他必须把母亲送到疗养院,否则就属于犯遗弃罪。那一刻,儿子感觉天都要塌了。后来，情况并没有任何好转。经历几次失踪后，儿子最终还是决定把老人送进疗养院。在儿子面前，老人既是一位担心儿子的母亲，也是一个整日等着盼着见到父母的孩子。无论是做母亲的，还是做孩子的，都不想离开对方。儿子明知道老人的焦虑，可他不得不狠下心来，把她一个人送去疗养院。

痴呆症焦虑最主要的表现就是分离焦虑。分离焦虑顾名思义，是一种焦虑情绪，出现在与能给自己带来心理安全感的人，或像父母一样可以成为自己眷恋对象的人分离后。想要快速理解这种感觉，可以想象一下第一天去幼儿园的孩子。孩子被独自放到了一个完全陌生的环境，那一刻在他心里意味着，他曾经坚信会永远把自己抱在怀里的绝对存在消失了。这不是一般的压力，而是生存问题，这时候产生的恐惧感不亚于死亡。当然，过一段时间后，那个自己以为永远消失不见的妈妈又回来了。这样反复几次，孩子就会知道，妈妈并没有消失，从而有勇气对抗分离焦虑。遗憾的是，老年痴呆症患者无法通过学习让自己的大脑记住自己苦苦等待的人并没有消失这件事。儿子会在每晚下班后回家，就是这么简单的一件事，却无法停留在老人的心中，所以老人才会一整天在大门外走来走去。

另一方面，老年痴呆症患者表现出的分离焦虑还可以在父母与子女的相处模式中找到原型。比如最常见的，要给孩子准备晚饭，作为父母没能给孩子全力支持的自责感，还有那些让彼此伤心的回忆……都是很早以前埋下的种子。但是，与普通人不同的是，老年痴呆症患者的大脑会删掉患者对往事的记忆（引发焦虑的内容），只留下这些经历产生的情绪（焦虑）。子女不在自己身边会焦虑，子女在自己身边还是会焦虑。夕阳西沉，母亲见儿子迟迟未归而忧心忡忡，又对儿子为了照顾自己而无法再婚而感到深深的自责。这些记忆会在某一刻被痴呆症彻底吞噬。但是，由此产生的焦虑并不会随之消失，反而会像滚雪球一样，在老人站在门外苦苦等待儿子的过程中越滚越大。

"应该送我妈去疗养院吧？"

从某种角度来说，警察对儿子的警告并没有错。一个原因是，老年痴呆症患者在大街上徘徊是一件相当危险的事情。另一个原因是，整日待在家里一个人打发无聊的时间会快速加重老年痴呆症患者的焦虑感。再加上，经济能力不允许儿子不出门工作，可他又不放心留母亲一个人在家，筋疲力尽的儿子已经出现了抑郁的倾向。再看看对此一无所知的老人，她只是害羞地静静抓住儿子的手，我不知道把她送去疗养院是不是当下唯一的选择。现在，老人还离不开儿子的帮助。

难道就没有办法可以缓解老年痴呆症患者的分离焦虑，减轻子女照护的负担吗？要想安抚老年痴呆症患者的焦虑情绪，需要先注意他们发送的信号，即反复出现的行为、重复说的话，还有他们的情绪。首先，要合理解读他们通过表情和行为发送的信号和需求，快速做出响应，并通过温柔的表情和温暖的肢体接触让他们安心。然后，充分利用日间照料中心等社区专业机构，为老年痴呆症患者提供一个有规律的生活模式，从而帮助他们避免无聊带来的焦虑。

值得庆幸的是，儿子很懂自己母亲的心。以前，老人每天唯一能做的就是待在家里等儿子回家。为了改变老人这种无聊的生活模式，儿子申请了老年人长期疗养项目，准备白天把母亲送到照料中心。在正式申请完成前，他决定先利用老年服务中心进行过渡。咨询师会给老人看儿子的照片，协助老人一天给儿子打三次电话，让她听到儿子的声音，避免焦虑。为了缓解老人刚开始与儿子分开时的焦虑，中心还特别为老人准备了抗焦虑药和一些急救药。幸运的是，儿子的下班时间和中心的下班时间可以无缝衔接，他可以安心上班，下班后再到中心接老人回家。我希望有一天老人可以改变对家和老年服务中心的看法，只把家当成一个每天晚上与儿子一起休息的地方。

焦虑固然痛苦，但也给我们传递着信息。独自一人被留下的焦虑不只是对老年痴呆症患者，对在一旁将这一切看在眼里的家人来说，同样会引发难以忍受的痛苦。痴呆症让老人认定自己的孩子已经离自己而去，透过她的分离焦虑，我们依然可以看到一位母亲打心底里对子女的担忧和自己作为母亲的生活模式。纵使这会让子女痛苦，纵使这是病情恶化的表现，但老年痴呆症患者的分离焦虑还是会以这种思念和哀切的形式留在子女的心里。

妄想与现实之间的感情

一位老奶奶走进医院大门时，还拉着儿子的手。她不是不能自己走路，可还是紧紧贴在儿子身边。看起来很想要儿子的搀扶。检查结果并不坏，老人尚处于痴呆症初期，也没有表现出任何恶性痴呆症状，只要坚持用药，注意管理就可以控制病情。遗憾的是，可能是老人服药后并没有多大改善，这对母子只来了两三次，就再也没有出现过。

再次见到两人是几个月后的事情。那个时候，老人的病情已经严重恶化，动不动就说有人来家里偷钱，或是有人动自己的东西，每天烦躁不安。子女虽然坚持每天给老人打电话，可毕竟是老人一个人生活，他们很难敏锐地察觉到她的变化。老人重新开始服用痴呆症药物，可药物对恶性痴呆症状的效果甚微。针对妄想、焦虑等症状的抗精神病药物有很大的副作用，必须严格控制药量，这进一步加重了治疗困难。

就这样，治疗大概进行到第三个月的时候，儿子说老人的被窃妄想症有所好转。实际上，老人对药物的副作用非常敏感，处方用量远低于实际要求，单靠药物根本无法达到这种效果。为了找到病情好转的其他原因，我和老人的儿子聊了很多，后来我问他平时如何对待老人的被窃妄想症。

"她总说家里有人偷跑进来，我真的觉得很荒唐。一开始我就说可能是她放哪忘了，就陪她一起找。就算找到了，她还是会坚持说东西不见了，然后变得寝食难安，怎么说也听不进去。现在她又说害怕晚上有人突然闯进家里，我就干脆给她安了个密码锁，密码都换过好几个了。我住得近，只要一接到我妈的电话，我就会跑过去帮她换密码。我告诉她东西不见了我会再给她买。我觉得应该是密码锁起作用了。"

儿子相信是安装的密码锁安抚了老人的情绪，但我不这么认为。透过儿子对待妄想症的态度，不难发现老人病情好转背后的原因。儿子从始至终都没有就到底有没有丢过东西这件事与老人发生过争辩，而是想方设法解决老人的焦虑。如果真像儿子自己说的，一个密码锁就能解决老年痴呆症患者的被窃妄想症，那这种症状说不定一开始就不是妄想。与其说是密码锁的作用，不如说是"来来回回数十次，又是换密码，又是耐心讲解的儿子"抚平了母亲心中的不安。

试想一下，如果儿子对老人的焦虑完全不上心，只是帮老人找一找不见的东西，或是再买一个放在那里，现在又会怎样呢？"说者无心，听者有心"，老人会把这种行为解读为儿子在责怪自己"就是你自己记不住，东西才不见的"，从而加重问题。对方是看不起自己，还是在帮自己，二者之间的差别很大。"把重点放在焦虑上"不是说单纯地解决问题，而是首先要让对方明白你对当前的状况感同身受，说明自己也同意这种情况会引发焦虑，并对此表示完全理解。看到儿子又是为自己安密码锁，又是为了帮自己换密码从家里来来回回数十趟，作为一位母亲，她从这些行为中充分感觉到了儿子的心意。

妄想不是靠理性解决的逻辑问题，而是一种情感问题。比如成天嚷着儿媳妇偷钱的老年痴呆症患者，帮她找钱就可以改变她的被窃妄想症吗？被窃妄想症建立在否认现实的基础之上，老人就算把家翻个底朝天找到了钱，还是不会轻易放弃儿媳妇偷钱这个想法。为了坚守自己的信念，她的脑海里又会生出另一个想法：

"肯定是儿媳妇拿走了钱。现在找到钱不过是她在其他人面前演戏罢了。等我儿子不在，她又会偷我的钱。"

如果这个时候，儿媳妇大声反驳："我没动钱。那钱不是您自己收的嘛。我连您有那笔钱都不知道。"老人又会产生其他妄想：

"她这么生气，肯定还有其他小九九。说不定是要偷走我的钱，然后偷偷拿回自己娘家。要不就是背着我们勾搭男人。上次她就背着我打电话来着。没错，肯定是有野男人了！"

妄想的精神病理学定义是"错误的信念"。日常生活中，哪里最常使用"信念"这个词呢？答案是宗教和政治领域。宗教思维、政治思维，听上去多少有些不自然，但宗教信念、政治信念就可以清楚地表达其中的含义。区分思维和信念不仅可以帮助我们理解妄想，还可以为揭露妄想的发病原因指明方向。

比如，佛教徒向基督教徒说明释迦牟尼的真理，再虔诚的基督教徒也不会觉得这些真理本身有错。通常会友好地回答一句："说得真好，会对我的生活有所帮助的。"这是从"思维"的角度出发进行的对话。那么，如果佛教徒向基督教徒说："释迦牟尼的话这么有道理，您也信佛教吧。"对方又会做出怎样的反应呢？有些人可能会满脸狐疑，有些人可能会因为心生反感而当场严厉拒绝。为什么会有这种反应呢？因为这段对话基于"信念"。信念是一个人的生活环境和经过长期发展成熟后形成的信仰。信念会成为一个人判断对错的标准，与事实相比，这种信念更接近感觉、情绪或是情感。

妄想是错误的信念。但要注意，这里有一个很多人常犯的错误。人们总是习惯从思维角度出发对待妄想，而非信念。很多人妄图说服或是纠正妄想，这也是绝大多数家属对待妄想症患者的方式。家属总会奢望只要解释得足够多，就能改变现状。可事实上，这种行为只会刺激妄想。当患者被妄想包围时，周围人绝对不能硬碰硬，不能连我们也被妄想症的洪流卷走。我们要做的是先转移患者的注意力，让患者远离妄想，然后再找出刺激妄想的源头。通过不断尝试，我们终能直面他们复杂的情感。

在诊室为妄想症患者提供私人咨询时，我也会尽量避免"您这样说，我很难理解您的想法"这种话，甚至会时刻注意自己的表情，担心患者会错误解读我的表情。我不会讲大道理,而是"打感情牌",告诉他们"这种想法很正常。我要是这么想,我也会焦虑的",尝试这种说话方式就可以惊喜地发现,妄想症患者会全神贯注地听我讲话。

我们应该为了沟通积极寻找可以分享的东西,可以是有形的兴趣爱好、个人感兴趣的事情,也可以是感情。职场上,我们会在背后议论老板,从而与其他员工之间形成强烈的纽带感,因为这种沟通就是在分享同一种情绪。被妄想包围的痴呆症患者一方面担心别人用异样的眼光看待自己,一方面又因为失去了平凡的现实而黯然神伤。我们努力理解这种复杂情感的行为本身就是在告诉他们——我们从未离开。我们不要忘记,妄想和现实之间还有一条名为"感情"的桥梁。

像花一样的痴呆症

你是一个什么样的人？当被问到这个问题，大部分人会围绕年龄、职业、学历、家庭、财产等情况介绍自己。听起来可能有些生硬，但上述标准都属于人口学变因，可以转换为数值，然后将人类分成上中下三个等级。通过这种方式，别人可能依然不了解"我是谁"，却可以快速掌握"我的阶层"。

有一种方法可以向他人介绍这世间独一无二的自己，那就是心理图像分析法。心理图像分析涉及一个人的性格、经常做的事情、兴趣爱好、重视的价值观和生活方式等内容。这些内容没有优劣之分，也无法分类，却可以展现个人的特有价值以及创造多样性。心理图像分析法不仅仅在表达自我的时候适用，在理解其他人的时候同样适用。

我在接待痴呆症患者的时候会时刻注意一件事。我知道"痴呆"这个词会引发怎样的恐惧感,所以尽可能避免在初次就诊的患者和家属面前直接用"痴呆"两个字,而是改用"记忆力时好时坏"等描述。有时候随口说出的两个字会让老人眉头紧锁,随后不是把矛头指向我,就是变得如坐针毡、神情慌张。我们常说习惯是可怕的,不管我怎么努力,偶尔还是会不小心提到这两个字。

比如有这样一位老奶奶。家属告诉我,老人最近记性不好,已经到大学医院接受过检查了,我便随口问了一句:

"医生说是什么类型的痴呆症呢?"

我忘了老人就坐在家属身边。痴呆症分为阿尔茨海默病、血管性痴呆、路易氏体型失智症、额颞叶痴呆、酒精性痴呆症等,不同类型的痴呆症在治疗过程和预后方面存在很大差异,我的本意是要对症下药,没想到对方的回答却像一把锋利的小刀直接扎到了我的心上。

"像花一样的痴呆。"

"什么?"

意料之外的答案让我看向老人,忍不住又问了一遍。写出来可能看不出什么问题,但因为发音相似,我当时真

的听成了"他娘的痴呆"。我以为是自己提到"痴呆"两个字惹怒了老人。但我看她的表情,不像是在生气。老人又回答了一遍:

"像花一样的痴呆。"

这时,一旁反应过来的家属咧嘴笑了起来。我也长舒了一口气,确定老人没有生气。事后家属告诉我,老人这辈子不管遇到什么事情,都会保持积极乐观的心态。

我曾看到一句话,说"每个人都是可以至少写出一篇文章的作家"。这句话要表达的意思是,不管自我感觉多么平凡,只要深入观察就可以找到自己生活中独特且有意义的一面。就像看穿着校服在操场上做早操的中学生一样,远处看都是一个样子,可走近就会发现,每个学生从发型到穿校服的方式都不尽相同。我想说的是,我也需要改变,不能再像以前一样通过病名判断患者。首先,我要让自己练就一颗可以揣摩老人生活方式的心。在我看来,这种方式可以更好地维护老年人的自尊。

荷兰霍格威镇是闻名世界的"失智照护小镇"。有别于传统意义上的疗养院,患者在这里的身份是小镇居民。

医护人员不穿白大褂，平时负责扮演社区超市店员或从患者身边走过的邻居。患者在这里可以过正常人的生活，不用改变自己患痴呆症以前的生活方式。最早听说这座小镇的时候，我以为这只是为少数人建造的高级疗养机构。后来真正激起我兴趣的是，他们为初入小镇的患者安排居所的方式。他们按患者曾经从事的职业、对生活的看法、兴趣爱好和性格四个标准，把痴呆症患者的生活风格分为七类，然后将生活环境类似的患者安排在一起。

霍格威镇老年痴呆症患者的七种生活风格是：为活跃型患者准备的城市风格、为喜欢手工作业的患者准备的手工业风格、为喜欢宅家患者准备的居家风格、传统荷兰风格、为喜欢音乐或美术等活动的患者准备的文化风格、为重视宗教的患者准备的基督教风格和为印度尼西亚移民准备的多元文化风格。以前的我执着于判断老人得的是阿尔茨海默病、血管性痴呆、恶性痴呆还是良性痴呆，如今我有了可以了解痴呆症患者的全新思路。兴趣爱好相似的人可以住在一起相互安慰，还有什么比这更好的慰藉方法吗？

就像老人那句"像花一样的痴呆"，老人有自己接受痛苦的生活方式,还有永远可以让别人心情愉悦的宽容和对生活的从容感。如果我不知道这些,只是单纯地把她当作一个满脸皱纹,被诊断患有痴呆症的老太太,我该有多后悔呢?

04

奔月
旅行

是说给我听的吗？

下班回家，一开门就看见女儿正气鼓鼓地对妻子说着什么。上小学的她每天会去跆拳道馆学习跆拳道。今天是被一个同一时段学习跆拳道的男孩惹生气了。听女儿说，当时他们正保持一定距离跳绳，女儿的跳绳总会和前面男孩的缠在一起，两个人都很恼火。没想到休息时间，男孩竟然和几个同学围在一起，故意用女儿能听到的声音大声"耳语"：

"我本来要跳一百个的，都怪后面那家伙。"

只不过是跳绳缠在一起罢了，没想到男孩竟然会说出这种话，女儿听到后很生气。我猜在我回来之前，她一定是在跟妈妈抱怨自己当时在现场没能回嘴，这是双方的失误，他不应该推卸责任，更不应该指责自己。我清楚女儿的个性，她在别人面前说话总是小心翼翼，我大概能猜到她的想法。

"他只对你这样吗？"

"不是，对其他大哥哥也这样，总是把自己的错怪到别人头上。上次也是，对我别提多过分了。"

对于大人来说，这种事最好是大事化小，小事化了。可在孩子之间，这绝对是一场激烈的对抗，事关自己在别人眼中的形象，毕竟谁也不想让自己看起来好欺负。实际上，这种想法并非孩子的专属。如果问那些因为无法控制愤怒情绪而就医的患者，十之八九会给出类似的答案。别人觉得自己好欺负，或是轻视自己的行为都是他们大发雷霆的导火索。

这是生活中常见的冲突。女儿还小，如果我告诉她"生气时先思考一下，这样做对你是得是失"，她肯定听不懂。我还想过给跆拳道馆打电话，调整一下女儿的上课时间，避开那个男孩，或是直接联系跆拳道馆的负责人，向他反映问题后，看他如何处理。一般父母在遇到这种问题时，估计都会这样在心里盘算。

"你知道这种时候该说什么吗？"

"我一拳能把树打倒，啊哒。"

"不是，应该这么说。"

我很好奇妻子会教女儿说什么。

"是说给我听的吗?"

"啊哈!"

妻子教孩子的话听起来没有什么特别,却很清晰地向对方传达了自己的不满。而我呢,只想从成年人的角度解决问题。我似乎是在教孩子回避问题的方法,我只是希望不要出现矛盾,却没能注意到孩子心里真正看重的东西。或者说,如何保护自己的心。

我们这一生都在学习如何倾听、揣摩、理解别人的心思,却不知道该如何保护自己的心,不明白一味为别人着想只会消耗自己。更可怕的是,明明自己是受害者,却不能保护自己的心,反而因为那些狡猾的加害者说的话受到二次伤害。然后自己又忍不住把自己想象成一个只能接受那些话的可怜虫。这分明就是自己往伤口上撒盐。

我们应该大胆说出自己的想法,伤心了就告诉对方"我伤心了",生气了就告诉对方"我生气了"。这件事说起来简单,但真正做起来并不容易。或许这也是我女儿遇到的问题吧。我开始给女儿练习。但她的声音太小,根本听不到,我让她重新说。这不是教她打架,而是通过练习自然而然地告诉别人自己的感情受到了伤害。

"你的声音应该比现在的更果断一些。"

女儿似乎明白了我的意思,她提高了音调,一字一句跟着说道:

"你这是说给我听的吗?"

"他比你大,你这样叫他[1]听起来跟要打架似的,去掉'你'再说一遍。"

"去掉你,是说给我听的吗?"

"前半句不用说……你叫他小哥哥,这样更自然。"

"小哥哥,现在这是说给我听的吗?"

反复练习后,女儿明显熟练了很多。一开始可能想起了在跆拳道馆发生的事情,她的小脸通红,但很快就平静了下来,不知道是不是练习起了效果,她终于可以很平静地表达自己的想法了。

我突然想到了自己负责的痴呆症患者。什么样的人更容易患痴呆症呢?从研究结果来看,易受压力影响,情绪波动较大的敏感性格和冷漠性格患痴呆症的风险更大。具体来说,前者经常因为一点点压力就心神不宁,惶惶不可终日;后者是主动紧闭心门,对一切事物抱有消极心理。这两种人之间有一个共同点,那就是都很容易被别人伤害。

---

1 韩国注重长幼有序,年幼者不用第二人称称呼年长者。——译者注

从这方面来看，他们才是最需要练习如何保护心灵的人。

正因如此，每当被问及如何预防痴呆症的时候，我都会提到"心"。一周做三次以上微微出汗的有氧运动，平衡膳食，戒烟戒酒，多吃富含欧米伽-3脂肪酸的鱼、蕴含大量抗氧化物的黄绿色蔬菜和维生素等营养物质，在此基础上，保持社会生活同样必不可少。我还会建议咨询者多观察处于焦虑状态时，自己的情感是否会像冲破大坝的洪水一发不可收，是否会折磨自己，还有是不是经常因为那些对自己的否认和冷嘲热讽而压抑自己的真实感情，我会建议他们保护好自己的心。

不仅如此，安抚情绪这件事在确诊痴呆症后同样不容忽视。痴呆症会消灭一个人的记忆，却带不走一个人的感情。老年痴呆症患者在受到严重的感情伤害后，因为没有自我调节能力，便会深陷当时的情绪中循环往复。某种感情在心里停留的时间久了，还会引发妄想或脾气暴躁等恶性痴呆症状。

该磨砺心灵的时候，如果连小小的反抗都做不到，只是一味地隐忍，这样的人无法用适当的方法宣泄情绪，最终只会让心理问题转移到大脑。我们应该在心灵受伤前，进行更多的练习，不是吗？

"现在是说给我听的吗？"

说谎也有段位的话

说谎也有段位的话,高手会是怎样的人呢?是言辞浮夸,芝麻大点的小事也会夸大其词的人,还是可以预判对方反应的心理鬼才?抑或是政治家?有人会觉得这道题的答案不就是哥伦布的鸡蛋嘛,当然是拥有自欺能力的人。

但是,这并不是什么特别的能力。美国进化生物学家罗伯特·特里弗斯博士认为,自欺的心理机制是大脑的一种进化结果,目的是成功欺骗他人,识破他人的手段。比如,想要成为一个善于说谎的人,必须消除自己对说谎行为的恐惧和压力。人脑会为此进入自欺模式,即主动合理化谎言,创造让自己实际相信的适应状态,不受感情影响,从而提高实现目的的概率。大脑的这轮操作有时也会彻底摧毁一个人的一生。这正是酒精性痴呆症患者面临的问题。

作为一家之长的男人，唯一的乐趣就是到小酒馆小酌一番，几根串、几杯热清酒，仅此而已。下班后走进幽深的小巷，推开小酒馆的门，这里没人认识自己，可以尽情享受这份自在。家人也对这段独处时光抱以理解。毕竟现在连最小的孩子也考进了大学，男人感觉完成了自己的使命，肩上的担子也轻松了不少，他很满意自己为人父母的表现。然而命运弄人，一切的一切都在一场变故中土崩瓦解。那是一个雨夜，女儿拿着雨伞出门接晚归的父亲，却不想被车祸夺去了生命。

"如果那天我没去那家酒馆……"悲剧的假设会留下更深的伤疤。只是碰巧发生了这件事，并不是任何人的错，但他还是会把主要的原因归结到自己身上。不能拯救子女的父母，这个"头衔"如影随形，让他痛不欲生。那天之后，用酒精麻痹记忆成了他唯一能做的事情。可是，不管出于什么动机，酒精依赖症并没能删除一个人的苦痛。直到某一刻，他不再为了忘却痛苦而喝酒，而是为了喝酒而喝酒。痛苦达到一定程度，大脑就会变得极其残忍，之前用健康方式调节情绪的心灵公式会渐渐消失，酒精成了左右情绪的刽子手。十载光阴，他就这样被酒精打倒。

家人说他出现的第一个症状是酒精性记忆空白。酒精性记忆空白是指酒后断片现象，就像用剪刀剪掉了那段记忆，将前一天的事情忘得一干二净。之所以会出现这种现象，是因为人类大脑中含有一种名为"谷氨酸"的神经递质，这种物质与记忆息息相关。摄入体内的酒精会通过血液进入掌管记忆的大脑海马体，阻碍生成谷氨酸的神经细胞信号。

在这个阶段，有些人会意识到问题，努力扭转情况。还有些人不想再让周围人担心，或是做梦也没想到自己会在无意识的情况下做出酒驾这种危险行为，于是下定决心戒酒。治疗酒精性记忆空白可以服用硫胺素（维生素B1）和叶酸，同时辅以戒断治疗和咨询。但在这个案例中，已经酒精成瘾的大脑会一直给男人传递一种错误的信号——不喝酒就会回到过去。换句话说，大脑已经错把失忆当成成功遗忘焦虑和痛苦。

随之而来的是愈发强烈的自欺现象。从单纯的麻痹情感到让患者喜欢上这条依赖回路，酒成了最终目的。海量信息不断涌入，而筛选、评估这些信息的脑功能逐渐丧失，大脑只选择对自己需求有利的信息，将其合理化后，留在记忆里。即，洞察力消失，满足需求的自欺现象更加明显。在患者眼中，醉酒后的自己才是真正的自己，酒和自己的关系可以完全取代自己与家人、与朋友的关系。

在记忆方面，会出现一个更加严重的问题，那就是酒精性痴呆症的代表症状之一——虚构症。如同虚言症，患者会用毫无根据的故事填补被酒精消除的记忆，并对此深信不疑。明明只是在酒精的作用下丧失了记忆，并没有失去对现实的判断力，但偏偏要像自己刚刚亲身经历一样，继续那些从未发生过的事情。我的一位患者，清楚地记得自己来医院前一天晚上发生的事情。睡前和谁打了电话，看了哪档综艺节目，后来又点了什么夜宵，说得很具体。可家属的讲述截然不同。事实上，这位患者前一晚陷入了昏迷，一整夜都在急诊室输液。

病情进一步发展，下一阶段是脑前侧（额叶）受损。患者面容消瘦，整日处于醉酒状态，不停地大喊大叫，没有人知道他们在说什么。酒醒后，他们失去的不仅是发病时的记忆，还有自己的行走能力。与普通痴呆症患者的年龄相比，酒精性痴呆症患者相对年轻，但身体机能会在酒精影响下快速衰退，出现大小便失禁等症状。一开始还能听到家属为患者辩解，比如"他以前特别好，都是酒害的"，然而随着时间的流逝，这种话越来越少。受够一切的家属都在心底最阴暗的角落，默默乞求这个人从自己的生活中永远消失。每次酒醒，他们非但不会对自己醉酒状态下做出的行为感到抱歉，反而是向最亲近的家人发泄那些永远不会消失的无名之火。

最令人伤心的一幕是，面对为了喝酒而自暴自弃，甚至抛家弃子的患者，家人再也无法抑制心中的怒火："我们也是你的孩子，我们也想得到父爱。"可是，尽管喊破了喉咙，被酒精支配的男人依然不为所动。现在只要不喝酒，他就会因手抖、莫名焦虑而整夜失眠，还会突然全身冒冷汗，清醒状态下也会产生幻视或是幻听。

纵观上述整个过程，酒精性痴呆症患者让我联想到了卡夫卡小说《变形记》里的格里高尔。一天早上，格里高尔从不安的睡梦中醒来，发现自己变成了一只丑陋的甲虫。不可置信之余，未失去人性的格里高尔并没有为自己着急，反倒担心起父母和妹妹。但是他失去了人类的声音，在家人的耳中，他说的每句话不过是虫子毫无意义的鸣叫罢了。就连趴在自己最喜欢的画上也被当作一只丑陋的虫子在邋遢地爬行。直到格里高尔被苹果砸死的那一刻，全家人依旧没能听到他保留在虫子体内的声音。

我希望通过理解其痛苦的过程找到改变的动机。因为从医学统计数据来看，酒精性痴呆症患者人数占痴呆症患者总人数的15%，且酒精性痴呆症属于可以治愈的痴呆症之一。问题是，已经对酒精产生依赖的大脑会陷入强烈的自欺状态，根本不打算放开患者，只有酒才能让他们的人生记忆、情感和周围人产生意义。一开始，患者会被心中产生的罪恶感折磨，随后，这种罪恶感会逐步变成自己也无法原谅的羞耻心。对酒精依赖症的羞耻心会改变患者，让他们向自己曾经伤害过的人道歉并求得原谅。可是现在，这位患者的身边根本没有可以乞求原谅的女儿及其他家人。

患者刚住院时，身体状态极其糟糕，甚至连路都走不稳。经过六个月的住院治疗，身体状态多少有所恢复，可严重的痴呆症已经不可逆转，这与癌症转移前后的治疗预后差异类似。医生也会为可怜的家庭感到心痛。普通痴呆症会在患者本人及周围人没有意识到的情况下悄然发展，反之，在酒精性痴呆症病情发展过程中，会出现一个明显的介入时间点。一个是患者因为自责，开始用酒精自我麻痹之初；另一个是开始出现酒精性记忆空白之时。很多最后陷入绝望的家庭都在心中后悔，如果当初没有错过这两个时间点的话……大脑的自欺行为一旦启动，就会像格里高尔变成虫子后的声音一样，让我们无法注意到他的存在。

如今，男人已经不喝酒了。他跟在家人身后走进诊室，微笑着坐在一旁，一句话也不说。所有近况全部由家人转述。我又向家人确认了一遍：

"他最近不喝酒吧？"

"嗯，最近都没喝。"

但是家属的下一句话却狠狠地刺痛了我的心：

"他现在好像连喝酒这件事都忘了。"

××市××洞××公寓

这是发生在亲戚葬礼后"断七"现场的事情。原本一片肃静的场地突然响起一阵木鱼声,僧人用诵经的方式安抚家属沉痛的心情,护送亡者的灵魂到达极乐世界。我静静地听着经文,心中无比沉痛。就在这时,一句话传入了我的耳朵,让我眼前一亮:

"曾经住在××市××洞××公寓××楼××号的逝者……"

在原本翻译成汉字的经文中,突然出现了逝者的详细家庭住址。起初我以为是念错了,忍不住抬头看向僧人。僧人不以为意,继续念经。接下来的佛经内容中还是会时不时地出现"××市××洞××公寓××楼××号"地址。甚至到最后,在场的所有僧人开始集体吟唱逝者的家庭住址。我们坚信,反复出现三次以上的相同梦境一定具有特殊含义,我忍不住好奇僧人这样做的原因,然后又忍不住假设，如果我是逝者，在与这个世界告别前，我想做的最后一件事会是什么。会不会是想要回到我住过的地方、和家人一起生活的地方、留有回忆的地方，回到家里看一看呢？

鲑鱼、鸟、蜜蜂等动物会在某个特定时间，利用太阳、星星、地球的磁场寻找自己出生的地方，回到自己的"老巢"，这种本能被称作"归巢性"。贝恩德·海因里希在《归巢本能》一书中讲述了斑尾塍鹬的故事。这种鸟在阿拉斯加结束繁殖季后，就会飞回南方的新西兰或澳大利亚。它们不吃不睡飞行八天，跨越近一万公里的距离。更令人震惊的是，除了为这种候鸟提供飞行动机的大脑，其余身体部位均会被消耗殆尽。体脂肪下降自不必说，它们甚至会通过消耗内脏和肌肉为自己提供飞行所需的蛋白质。这种行为很可能成为致命威胁，可它们为什么还要这么做呢？对回家的渴望不亚于食欲、性欲和对睡眠的需求，更接近本能，或者说是一种生命现象，其影响力远远超过我们的想象。

与动物的归巢性相对应的是人类的"思乡病"。"思乡病"三个字背后是情绪记忆，是我们对安稳时期的人和故乡的怀念。韩国诗人郑芝溶的《乡愁》一诗就是对这个意象最好的诠释。

有趣的是,如今的乡愁不再是诗人和小说家的专属,而是大批学者深入研究的生命现象。过去,思乡病被当作一种精神病。17世纪瑞士医生乔纳斯·霍弗尔发现,被派遣至其他不同国家的瑞士雇佣兵都出现了相同的病症,包括严重的抑郁症、极度疲劳、消化不良、发热等。他们的症状不断恶化,几乎到了病入膏肓的地步。霍弗尔将其命名为思乡病。后来,在美国独立战争时期以及其他国家也相继发现了出现类似症状的患病军人。直到19世纪末,思乡病还是一种会致人死亡的恶疾。

进入20世纪,思乡病不再被当作疾病,其概念被改写,比如思乡,比如对怀念的人、时间和空间的过往记忆等。大众逐渐接受了思乡病不是致死疾病,而是可以战胜人生苦难的心理恢复弹力,或者说是一种大脑的生命现象。其实,导致这些士兵死亡的不是乡愁,而是乡愁未能发挥其原有作用而产生的一种现象。从这点来看,乡愁同样可以对老年痴呆症患者发挥重要作用。

痴呆症实际治疗中的"回忆治疗"就是基于这一原理的非药物治疗方法。这种治疗方法旨在唤醒痴呆症患者的情感记忆,帮助他们与他人分享,从而促进记忆与他人之间的相互作用。唤醒记忆常以记忆卡片为催化剂，除了老式电话机和杜鹃花等一般卡片，还会用到可以唤醒个人记忆的照片，比如很久以前的德尔蒙橘汁瓶等。

这种方法不是单纯的唤醒记忆，而是要激发患者的怀旧情结，只有这样才能得到更加显著的治疗效果。西英格兰大学的简·梅利亚称，通过对比诱导思乡病的回忆治疗和一般治疗可知，刺激个人的怀旧情结可以有效恢复患者的连带感、自尊、生活意义和积极性。

众所周知，思乡病不是随时随地可以感知的现象，需要悲伤、孤独和迷茫导致的心理痛苦达到一定程度才会出现。另外，如果可以激发伴随嗅觉、听觉、视觉等形态的情感记忆，效果会更显著，并且能够安抚在此过程中出现的负面情绪。近期进行的一项思乡病脑科学研究足以证明这一观点。根据2016年东京都立大学义昭菊地研究小组的脑部影像研究结果可知，思乡病发病期间，会同时激活脑部与记忆有关的海马区域和与补偿机制有关的区域。

特别值得注意的是，思乡病激活了与多巴胺相关的脑部补偿区域。我们做刺激的事情会感受到快感，多巴胺是会让我们持续追求快感的神经传导物质。就像人体处于极限状态时会分泌肾上腺素，多巴胺也会立刻产生反应。基于上述结果，研究小组把思乡病定义为一种大脑对抗困境的生理防御机制和推动强烈生存意志的动机。免疫力会帮助人体免受感染，同理，思乡病会在面临无法承受的情感痛苦时加强人体的心理免疫力。另外，除了情绪领域，多巴胺还是一种直接影响记忆和学习能力的神经传导物质。对于轻度认知障碍患者，或是处于痴呆症初期的患者来说，多巴胺可以给记忆力带来积极的转变。

拾起残缺不全的记忆，跟随情感的残影一步步靠近过去，如同鲑鱼历尽千辛万苦，穿过湍急的水流，逆流而上，回到最初孕育自己的地方，哪怕等待在终点的是死亡，这条路本身就是一种治愈过程，一种完成生命使命的过程。这不是单纯的回忆，这是一种如性欲、食欲、睡眠需求般的生命本能。

患者常说不愿意在医院或疗养院结束自己的一生，希望可以在自己的家里与这个世界做最后的告别。我也不例外。可每每遇到这样的患者，我还是会和家属一起在诊室里讨论是否将患者送去专业机构。在医疗组会议上，医生们也会尊重家属的要求，一起讨论是否送老人入住疗养院。这些老人比任何人都要怀念过去，可我们不得不提出逆归巢性而行的方案。我相信，家属和我一样，一定也会对患者心存愧疚。正因如此，我迫切希望他们的恶性痴呆症状可以转变为良性痴呆症状，期望自己可以更深入地了解他们心中思乡病的治愈过程。

孤独死[1]的气味

"我最近压力特别大。租我房子的老人去世了,是孤独死。不知道死了多久,屋子里的味道到现在都没散出去呢。我特意找人做了特殊清洁,可还是要等好久,至少两个月租不出去。"

坐诊期间,一位中年阿姨满脸愁容地跟我抱怨起来。她的这番话让我心里很不是滋味。我能理解她作为房东的心情。但是,如果有人因为我人生最后留下来的气味感到不快,我会认为这是对我整个人生的否定。

学校有一次组织我们到国立科学搜查研究所(现国

---

[1] 孤独死:指独居者在自己居住的地方因突发疾病等原因而死亡,多见于高龄老年人群体,是国际社会老龄化的突出表现之一,目前已经得到全世界的广泛关注。——译者注

立科学搜查研究院）观摩尸检。早在解剖学实习期间，我们就接触过尸体，所以这不是我们第一次看到大体。但是，此前在解剖学教室里闻到的只有福尔马林消毒液的气味，可在国立科学搜查研究所闻到的尸臭完全超乎了我的想象。那不是一种单纯的腐烂气味，浓重的味道在尸检室门口就能闻到。那一刻我不由自主地停下了脚步，不是因为气味太强烈，而是我产生了一种仿佛要被逝者的重量压到窒息的恐惧感。如果那一刻，我身边没有一起实习的同学，我说不定还会在尸检室门口站很久。

国立科学搜查研究所尸检室里摆有三张铁床，床与床之间隔着一定距离。离铁床稍远的地方画有白线。学生站在线外观摩尸检过程。随着尸检的一步步进行，气味愈发浓郁，我的呕吐感也愈发强烈。就在这时，一名法医突然大声向学生简要介绍起三具尸体的情况。

"这具尸体是一名登山者在山上无意发现的，已经出现部分白骨化。要通过进一步检查确认是意外事故还是自杀……"

但是，这些说明内容一句也没能进入我的耳朵。我的注意力都集中在最后一具尸体上。一条黑瘦的腿平放在铁床上，另一条腿呈半弯曲状。从远处看，整个身体只有腿部还算完整。飘在整个尸检室里的气味似乎就出自这具尸体。法医来到最后一具尸体旁，继续说道：

"这具尸体是孤独死。从尸体状态来看，已经去世很长时间了。"

这是我第一次闻到孤独死的气味，也是第一次知道，从气味就可以感受到这位逝者的苦痛和死亡的重量。以前我只觉得体味不过是从人体散发出的气味，可实际上，这气味中承载的信息太多太多，远远超乎我们的想象。

嗅觉是最复杂的感觉。人工智能领域已经成功复刻视觉、听觉和触觉，但尚未能复刻嗅觉。原有知识体系对嗅觉的定义是，位于鼻部的嗅觉受体与气味因子结合，将有关气味的信息传递到大脑的简单过程。但是，近期研究结果表明，嗅觉受体不仅位于鼻部，有超过四百种的嗅觉受体位于人体各个部位，发挥不同功能，甚至连精子都是靠嗅觉受体找到卵子的。由此可见，体味中也包含了远超感觉的信息。

特定气味会唤起强烈记忆的现象通常被称为"普鲁斯特效应"。这一名称源自法国作家普鲁斯特的著作——《追忆似水年华》。书中主人公马塞尔在品尝浸泡了茶香的松糕饼时，回想起了自己的童年。人类的五感中，除了嗅觉，其他的感觉（视觉、听觉、触觉、味觉）都是依次经过名为"丘脑"的内侧大脑后,调整并综合感觉信息,最后到达大脑的。只有嗅觉没有中间过程,会直接到达大脑。因此,嗅觉会与强烈的感情、记忆产生联系,深深印在大脑中。我在尸检室里见到的孤独死场景与强烈的体味之所以会留在我的记忆之中,就是因为普鲁斯特效应。

体味原本的功能是交流沟通。自古以来,动物靠留下强烈的气味排列等级,标记自己的地盘,区分同伴和敌人。它们的体味会向同族传递安全信息,向敌人发出警告。事关生死,动物的体味不像人类的语言那般精细,但绝对明确直观。对于人类来说,语言是一种沟通方式,但体味这种最原始的感觉并没有从人类关系中退场。

比如,妈妈的体味对宝宝来说就不是单纯的气味。还没有睁眼的宝宝已经可以与妈妈的乳汁气味、体味进行复杂沟通,从而获取心灵的安全感。作为这种安全感的根源,妈妈的体味会在记忆中陪伴我们一生,成年后也不会消失。反观妈妈也一样,妈妈在还没有完全了解孩子的时候,就已经通过悦人的气味激发了母爱。换句话说,是孩子的体味奠定了母爱。

如果说体味是一种沟通方式的观点成立,那么一个陌生人留下自己孤独死的气味,是要给其他人传递怎样的信息呢？孤独死的气味为什么尤为强烈？这不是单纯难闻的尸臭，还包含了积蓄了太久太久的孤独和寂寞，远远超过了普通人可以承受的重量。体味曾经是一个人存在、生命力的象征，如今却开始散发死亡的恐怖。孤独地走向人生的终点，每一秒的流逝都会激发内心的恐惧，死后没有及时被发现，又无意中成了别人的负担，在死亡面前失去人最后的尊严，这是何等悲哀。

这种强烈的体味向我们展现了一个孤独寂寞的结局。这一刻，孤独死不再是冰冷的数据，它实实在在出现在我的面前。也许逝者正是在利用这种无法忍受的气味向我们呐喊，用自己的孤独离世警醒世人。就像蚂蚁和蜜蜂，即使对死亡，它们依然拼命释放气味激素费洛蒙，警告其他同伴远离危险。这位陌生人以悲剧谢幕，但他的信息和体味一起强烈地留在了我们的脑海里。如果我们不认真思考关于孤独的问题，谁也不能保证自己不会经历和他一样的结局。

这就是为什么直到今天我依然记得他的体味。

阿尔茨海默病画家的最后表情

"这些画作让我们看到了威廉为诠释自身改变做出的努力，还有他的恐惧和悲伤。"

这是美国画家威廉·尤特莫伦的自画像在其妻子——帕特丽夏眼中的意义。帕特丽夏是一名画家兼艺术史教授。威廉·尤特莫伦在自己六十一岁那一年被诊断出患有阿尔茨海默病。此后五年的时间里，他坚持用自画像的方式记录个人作品的变化。同期，伦敦皇后广场国立医院的马丁·卢瑟博士小组对其作品进行了医学评估和整理。威廉用一幅幅自画像表达自我，将自己看到的世界完全融入画作之中，直到2000年他再也无力抵抗病魔，不得不放下画笔。

在被诊断出患有痴呆症前，威廉绘画的对象多是神话、战争和妻子。他的画风如同凡·高的，色彩强烈，利用充满整个画面的多重结构和细腻的细线表现真实的人物。

但是,痴呆症病发后,其笔下的线条愈发粗糙,表现力愈发弱化,他最擅长的色彩对比和色调也有了很大变化。随着时间的流逝,他对色感的表达越来越混乱,甚至到了不得不放弃油画,改用钢笔作画的程度。痴呆症检查和脑部影像检查结果显示,威廉·尤特莫伦的痴呆症在六十四岁后快速恶化,而他六十四岁时的自画像也出现了明显变化。

他的作品逐渐脱离写实主义,开始向抽象画转变。首先是眼睛、鼻子和嘴在脸上的空间布局错位,然后就是逐渐模糊,直至最终消失。绘画技术的下降不排除痴呆症的影响,但在我看来,这个过程中最明显的变化就是他的自画像逐渐失去了表情。

一个人站在你的面前,他的表情却消失了,这种场景你想象过吗?当然,不是说像威廉·尤特莫伦的自画像那样完全没有眼睛、鼻子和嘴,而是无法读取对方的表情,这得多令人慌张啊!

人类实现沟通的方式主要有两种,语言和表情。语言会经过大脑的多个部位传递,表情则更加直观。正因如此，投入感情的时候，表情往往比语言更加直接，更加细腻。无法读取表情意味着很难理解对方的情感，更感觉不到很难用语言表达的微妙情绪。特别是老年痴呆症患者会逐渐失去语言能力，通过表情进行情感交流尤为重要。

可事实上，痴呆症会影响人的表情认知能力，准确来说是患者通过表情认知情感的能力不断下降，就像威廉·尤特莫伦一样。想象一下，痴呆症患者无法认知某人微笑背后传递的感情，会发生什么事情呢？我们饱含真心的微笑在老年痴呆症患者眼中就像小丑一样，夸张而诡异，这是一件多么可怕的事情。再加上，痴呆症晚期患者连"不喜欢"这句话都说不出来。所以，随着患者病程的发展，照护者或者患者家属必须注意一点，那就是一定要清楚老人会对哪种感情和表情有强烈反应，还要留心观察哪种方式的情感交流会让老人感觉最放松。

美国心理学家保罗·艾克曼对人类可以表现的数千种表情进行了分析，归纳出六种基本表情，这些表情无关文化和种族。他通过分析悲伤、痛苦、愤怒、惊讶、恐惧、厌恶和快乐等几种情绪，以及表达这几种情绪的典型表情，证明大脑对上述表情和情感的组合表达出了复杂的情感和表情。

那么，在六种基本表情中，老年痴呆症患者最容易识别出哪种表情呢？日本群马大学山口博士的研究证明，在六种表情中，痴呆症患者对幸福表情的认知能力远超其他情绪。意大利高尔基森西基金会的科伦布博士研究小组得出了相同的结论。他们以病情更加严重的痴呆症晚期患者为对象进行试验，发现这些患者对积极情绪表情的认知率高于对消极情绪表情的认知率，其中对幸福表情的认知率最高。

研究中提到的真正幸福的表情是指人类意识无法控制的眼轮匝肌笑容。眼轮匝肌是围绕在眼周的椭圆形肌肉。眼轮匝肌的收缩会带动眼角产生皱纹，从而使眼睛看起来变得细长，与此同时，会拉动嘴角上扬，并通过提高颧骨部位抬高两侧脸颊，从而形成笑容。在与老年痴呆症晚期患者沟通方面，有一种方法叫"确认疗法"。老师在教授这种方法时特别强调，要用两只手托住老年痴呆症患者的脸颊，或者轻抚他们的头，向他们露出幸福温暖的表情和微笑。

杏仁体是与情绪密切相关的边缘系统构成部分。斯坦福大学的亚当·K.安德森博士证实，杏仁体的异常会直接降低患者对悲伤、恐惧、厌恶一类面部表情的反应强度。而在认知幸福表情方面，杏仁体损伤并未带来较大改变。一般情况下，痴呆症初期就会伴发杏仁体功能受损，从而导致老年痴呆症患者能够清楚认知幸福的表情，而对消极情感表情反应迟钝。

很多观点认为，幸福是一种抽象概念，发育过程较其他感情缓慢。但是，从发育心理学角度出发，幸福表情是从出生起就内在化的一种存在。新生儿出生后三周左右就会紧盯着妈妈的脸细细观察，然后开怀大笑，这被称为"诱发性微笑"。宝宝的幸福表情从第三周开始出现，到五六周的时候更为明显。这种表情在宝宝与父母建立亲密纽带关系过程中发挥重大作用。反观焦虑、恐惧等情绪，直到出生后六至九个月才能在宝宝身上观察到，晚于幸福表情。如果说只有经历过"避险"才会发育出悲伤、痛苦、愤怒、惊讶、恐惧和厌恶这六种情感，那么幸福表情的出现就是为了让宝宝从出生那一刻起，就与初次见面的妈妈产生依恋之情。由此可见，老年痴呆患者读取幸福表情的能力之所以可以保留如此之久，说不定就是因为这种情绪早已扎根在我们的心底，是依恋之情的产物。

不管出于何种原因，我对这种结果很是欣慰，因为在生命的最后阶段，这些患者眼中看到的不是愤怒、厌恶、悲伤和痛苦的表情，而是周围人幸福的笑脸。无法理解家人的悲伤和痛苦有时也不是一件坏事。当我们在他们身边尽情说笑，展露幸福表情的时候，他们可以感受到。即便是已经无法用语言沟通的痴呆症晚期患者，只要我们和他们对视，露出微笑，他们就能感受到，这是一件多么美好的事情啊。纵使我们心中有千万种悲伤与痛苦，但这一刻我们知道，为了他们，我们要绽放更加幸福的笑容。

正如画家威廉·尤特莫伦的妻子帕特丽夏所说，威廉的自画像中有恐惧和悲伤，但他最后的视线依然追随着面带温暖微笑的妻子。虽然帕特丽夏的笑容背后是遗憾，是悲伤，是痛苦，但他依然凝视着妻子的微笑。

痴呆症的隐喻法

美国前总统罗纳德·里根于1994年11月被诊断出阿尔茨海默病。很多名人为了维护自己的社会地位和名誉，选择隐藏患痴呆症的事实，可里根夫妇做出了不一样的选择，他们向大众公开了病情，期望借此提高公众对阿尔茨海默病的关注。

亲爱的美国国民，最近我被告知，自己成了美国数百万阿尔茨海默病患者中的一员。摆在南希和我面前有两个选项，一个是让这件事成为我们的秘密，另一个是将其公之于众……我最终决定把自己患有阿尔茨海默病这件事告诉大家，并真心希望通过这件事提高大家对阿尔茨海默病的关注。

——美国前总统罗纳德·里根，1994年公开信但是，随着病情的发展，里根总统渐渐无法摆脱痴呆症的阴影。他叫不出亲人的名字，记忆开始错乱。即使在电视里看到白宫，也想不起自己曾经在那里居住。只要妻子出门，他就会在屋子里走来走去，寻找妻子。妻子南希将一切看在眼里，心里涌起一股不可言喻的悲伤。媒体报道的内容毕竟有限。里根去世后，过了很长一段时间，南希才公开表示在里根人生的最后阶段，他的病情恶化很严重，甚至已经认不出自己。我多多少少可以想象到里根夫妻二人经历的噩梦。但是，里根想要留给世人的是自己作为美国总统，堂堂正正说出自己罹患阿尔茨海默病并顽强对抗病魔的潇洒形象。所以，南希·戴维斯·里根女士把丈夫的痴呆症比作"旅程"。

> 罗尼漫长的旅程最终把他带向遥远的地方，那是我无法到达的地方。
>
> ——南希·戴维斯·里根，干细胞研究募捐活动演讲

在南希眼中，里根不是一个因为患有痴呆症而大小便失禁、连妻子都认不出的老人，而是一个坚强面对痛苦生活的勇士，她用"旅程"二字概括了里根最后的日子。

"那是我无法到达的地方",这不仅是指痴呆症导致自己与丈夫之间无法逾越的心理距离,还表达了她本人面对丈夫的认知、行动、感情状态时的心境。南希用这种方式守护了丈夫的尊严,让美国人可以珍藏对丈夫的美好记忆。

面对退行性脑部疾病,除了最基本的医学研究,西方还会通过研究寻找说明、理解痴呆症的方法。维贝克·德瑞森·巴赫就是其中一员,她致力研究痴呆症的比喻法并积极宣传。

维贝克·德瑞森·巴赫以正常人和痴呆症患者的脑部核医学检查为切入点,成功找到了对痴呆症的说明方法。从脑部扫描图来看,脑部活动活跃的普通人的大脑多红色和黄色区域,而活动力逐渐减弱的痴呆症患者的大脑则多蓝色区域,她用更广为人知的地球和月球图片代替脑部扫描图,称痴呆症的发展是一段从地球到月球的旅程,这段旅程会把患者从自己熟知的生活环境带到另一种极端陌生的环境中,患者罹患痴呆症前后的生活方式迥然不同。

你的父亲离地球渐远,大脑内部的导航逐渐失灵。单词、句子和行为开始发生改变。你的父亲会发挥他的创意,改造每一个单词、每一句话……他开始用只有自己才看得懂的密码。我将这种密码称为"月球语言"。在你听来,月球语言可能没有任何意义,但记住,要用心灵的耳朵去听。要去学习理解月球语言的方法。如果你不想切断与父亲之间的联系,就要接受训练,主动适应这种语言。

——维贝克·德瑞森·巴赫,TED演讲

上文提到,南希·戴维斯·里根女士用"旅程"比喻丈夫生病后的生活,而维贝克·德瑞森·巴赫则进一步将"旅程"具体化,解释为一种"从地球到月球的奔月之旅"。值得注意的是,她将父亲受痴呆症影响说的胡话比喻成"月球语言",并将其解释为"是父亲在发挥创意"。她用这种方法守护父亲尊严的同时,缓解挫折感带给家属的压力。不仅如此,家属接受密码化的设定,会不由自主地产生一种想要破解密码的好奇心,驱使他们尝试解读隐藏在密码背后的情感和父亲的真心,而不再将重点放在父亲逐渐憔悴的身体变化上。

当然,不是所有情况都适合用隐喻方式理解痴呆症。比如在介入治疗过程中,简单明了的直接沟通更高效。再比如,患者受恶性痴呆症影响,产生了严重的被害妄想症，饱受幻觉的折磨，如果将这种状态比喻成奔月之旅，说他们正在月球使用月球语言，那就是对痴呆症隐喻法的错误应用。这种情况下，必须直接告诉患者家属"痴呆症导致您父亲大脑的语言功能受损，所以才会说出不合时宜或是不符合逻辑的话"。那么，什么时候最适合应用痴呆症隐喻法呢？答案是从宏观接受整个病程的时候。另外，像苏珊·桑塔格在其《疾病的隐喻》一书中提到的，使用隐喻方法诠释疾病时，还要时刻注意社会偏见或枷锁，有的时候固有成见会影响人们对待疾病的态度。比如艾滋病，这只是一种免疫缺陷疾病，却被社会刻上了"上天惩罚同性恋"的烙印。

最理想的状态是消除痛苦。但是，生活不就是这样吗？如果能靠自己的力量战胜苦痛，说不定这件事本身早就不再是痛苦了。所以我们真正要思考的是，如何用心接受这份痛苦，然后继续生活下去。在这个过程中，隐喻抚慰了我们疲惫的心灵，为我们看待当前的痛苦指出了一个新方向。

记得在精神科实习期间，我的老师突然在会诊时建议我多读诗。几年后，又有一位前辈告诉我，想要成为一名好医生，一定要学会用比喻的方式重新解读患者的心。当时的我总觉得他们的建议不免有些唐突，但现在回头想一想,他们是在向我传授隐喻的力量。令我庆幸的是,不是只有熟知专业技术的人才能使用隐喻。每一个人都可以成为一名作家,写出自己独一无二的隐喻。希望今后能有越来越多的人关注痴呆症的隐喻法。可以肯定的是,这份尝试一定会给痴呆症患者和患者家属带去一丝安慰。

桑巴的女人

有的时候，看见那些失去自我，呆呆地站在自己面前的老年痴呆症患者，我总是忍不住去想：他们看着坐在面前的我，心里会想些什么呢？作为照看痴呆症患者的医生，我告诫自己一定要与这种不断发展的疾病对抗到底，绝不能变得麻木，要在这种病痛面前时刻保持清醒。这些患者不回应我，我就不停地和他们说话，不断尝试重启他们已经停滞的心灵，但情况没有任何改变。多次尝试未果，焦虑开始向我逼近。我意识到，如果我不能成为这些患者心中重要的人，可能永远也无法带来改变。可是，这段关系对他们来说到底算什么呢？我甚至忍不住怀疑，会不会是我单方面过于看重我与这些病患之间的关系。

有一位老爷爷，他的大部分时间都是在病床上度过的。他不是在床上睡觉,只是半转身体,盯着墙壁。会诊的时候我问他:"您睡了吗?"他只要一听到动静,就会闭上眼睛,回答一句"嗯,我没事",然后再把身子整个转过去,背对着我。老人满头白发,发量浓密,但因为不经常洗头,侧卧一侧的头发总是贴在头皮上,另一侧则直直地立起来。每当他坐起来的时候,头发看起来就像一个"コ"的形状。他很少和同病房的病友说话,只有吃饭时才会走出病房,狼吞虎咽吃完饭就又躺回床上。我们尝试让他起床运动,或是参加集体活动,但他都表现得兴致缺缺,可以说是在用另一种方式拒绝我们的提议。他连自己的主治医生都不愿意用正眼看一下,更不要提其他医生了,大家想尽办法增加他的活动量,但最终一切努力都变成徒劳。痴呆症会破坏患者的执行功能,从而缩小他们的活动领域,让行为变得简单。或许这是身体的一种本能选择,帮助人类主动逃避复杂状况。总之,患者的活动范围不知不觉中就只剩下一张床。如果这时候伴发冷漠症,那么在沟通上就连打感情牌这条路都会被封死。

就这样过了几个月,情况依然没有任何改变。我的问候也变成了表面上做做样子。因为我知道,不管我说什么,老人都只会转过身,侧躺着回一句"我很好"。这种对话很容易让人产生挫败感。我开始思考自己还能做点什么改变这一切,一方面是为了守住自己小小的自尊心,另一方面我也对此心存愧疚。

在老人出院前的某一天,我打算和老人随便聊聊,哪怕是一些无关紧要的小事。接下来会发生什么,我心知肚明。在向他提出面谈前,我已经想好了对策,大不了就和他一起听首歌。老人佝偻着身子,一步一步慢慢挪到了诊室,坐到了椅子上。老人的眼神中充满了疑惑,他不明白自己都要出院了,还能有什么事非要面谈。和躺在床上的姿势一样,老人在我面前呈45度角斜坐着,依然拒绝和我面对面。

"其实也没什么事,就是看您快出院了,想和您聊聊……"

"……"

不出我所料,老人没有任何回应。

"要不和我一起听首歌吧?您喜欢什么歌?"

"不喜欢。"

"没有KTV拿手曲目吗?"

"我五音不全,不唱歌。"

"那您有喜欢的歌手吗?"

"雪云道[1]。"

老人的答案让我瞪大了双眼。雪云道？老年患者通常不太会使用智能手机，多半用家人给买的小半导体听歌。但住院这段时间以来，我从没见过老人在病房里听歌。我立刻打开了电脑里的音乐软件。

"您喜欢雪云道的哪首歌？"

"那个……"

老人不记得歌曲的名字。在网页搜索栏输入雪云道，随即显示出七百一十二首歌。虽然有些麻烦，但也没有其他办法了，我只能按顺序一首一首读歌名。我和老人头顶头，挨在一起盯着电脑屏幕找歌。

"《这就是爱情吗》？"

"不是。"

"《爱情的扭摆舞》？"

"不是。"

"《紫色的明信片》？"

"不是。"

"《大家一起恰恰恰》？"

"不是。"

---

[1] 雪云道：韩国著名trot歌手，深受老年人喜爱，下文中出现的歌曲都是雪云道的代表曲目。——译者注

"《桑巴的女人》?"

"……"

我按下播放键,轻快的旋律瞬间响遍诊室。"深深吸引我的你。正在跳桑巴的你……"在歌曲声中,老人突然打开了话匣子。这还是老人第一次主动和我说话。

"这首歌是雪云道和李秀珍一起写的。"

一首歌的工夫,老人给我讲了三遍雪云道和李秀珍一起创作《桑巴的女人》这件事。我问他李秀珍是谁,他一字一句清晰地告诉我是雪云道的妻子。三分二十四秒很快结束,我问老人听歌时有没有回想起什么,他斩钉截铁地告诉我:

"没有。"

我们又听了一遍歌,然后就再没发生其他特别的事情。表面看起来,老人的生活已经完全停摆,但实际上他并不是什么想法也没有。那些没有开头,也没有结尾的记忆碎片在他的脑海中依稀尚存,还有那些莫名的恐惧和焦虑,像狂风过境一样在他的心中呼啸。但是,这一切都只是我的猜测。我唯一能够肯定的是,一起听歌的这段时间,虽然短暂,但的的确确在我们两人之间建立了联系。

痴呆症是无法治愈的疾病。其实,能不能治愈只是速度差异，所有疾病都有发展过程。面对没有治愈希望的疾病，患者很容易陷入绝望，医生也容易对此熟视无睹。但是，不断尝试与没有回应的患者聊天，帮助患者回想已经被他们忘却的记忆，这些看起来只是徒劳的努力到头来绝不会白费。表面上看起来是毫无希望的事情，可事实上，希望就存在于永不绝望的重复和每天的奋起反抗之中。总有一天，这会成为连接彼此心灵的契机。以后老爷爷再住院，我还会和他一起听《桑巴的女人》。

留在路上的东西

一位衣衫褴褛的老奶奶提着两个大包袱在街上走来走去。热心的群众帮忙报警,说:"老人已经在大街上走了一个多小时了,看起来很奇怪。"接警的西部峨眉派出所警察到达现场后对老人进行询问,但不管问什么,老人只有一句话:"我女儿生孩子了,她在医院。"老奶奶一脸茫然,她不知道自己叫什么,也记不得女儿的名字,只是死死地抓着手里的包袱。警察见老人脚上穿的是拖鞋,判断她应该就住在附近,于是给老人拍了照片,随后到附近小区打听,最终找到了认识老人的邻居。从邻居口中得知老人女儿入住的医院后,警察用巡逻车把老人送去了医院。医院里,女儿与刚出生不久的孩子一起躺在病床上。她一一打开包袱,里面是已经变凉的海带汤[1]、凉拌小菜和米饭。看着面前的妈妈,女儿心如刀绞。

"妈……"

这是身患痴呆症的母亲唯一没有丢失的记忆。病房瞬间被眼泪淹没。

——釜山警察Facebook

几年前,新闻报道了一段发布在釜山警察Facebook上的故事。故事中的人不记得女儿的名字,也不记得自己的名字,是典型的痴呆症患者。作为一位母亲,她的心告诉她要给分娩后体力不支的女儿送去一碗海带汤,这一冲动使得她再也无法安心待在家里。幸运的是,老人在警察的帮助下成功见到了女儿,虽然海带汤已经变凉了,但女儿已经充分感受到了母亲的心意。更令我感到幸运的是,痴呆症并没有带走老人的母爱。老人拎着包袱徘徊在大街上,拼命寻找能够见到女儿的路,这个场景一直在我心中挥之不去。

还有一个故事,是患有痴呆症的父亲走失,最后家人

---

1 海带汤:韩式海带汤以海带、牛肉为主料。韩国有给产妇喝海带汤的传统,用于滋补,过生日喝海带汤也是为了纪念母亲。——译者注

在汤药房门口找到了他。汤药房里飘出了浓郁的黑山羊浓缩液的味道，老人很可能是被这个味道吸引过去的。子女在汤药房前找到老人的时候，想起了一段很久以前发生在父亲身上的往事。那时候的父亲只有一个愿望，就是想方设法弄到一剂补药，好让自己的孩子健康成长。说不定现在出现在老人眼前的不是普通的路，而是他心里可以重拾过往情感的路。

寻找分娩女儿的妈妈，想要给虚弱的孩子抓一剂补药的父亲，他们的心都与道路融为一体。道路也因此不再是单纯到达目的地的物理空间。感情打破了道路原有的修建目的，产生了全新的意义。对于那些家中有嗷嗷待哺的孩子的父母来说，道路承载的是下班后立即奔向子女的父母之心。对于独自承担寂寞的人来说，道路记录了他们漫无目地地游荡在街头，某一天突然得到安慰的记忆。即使记忆变得破碎、模糊，但寄托感情的道路依然清晰地珍藏在我们的心里。直到某一天，我们会突然产生一种冲动，想要再次站在那条街上。

我小时候，小学旁边有五家文具店，依次走过五家文具店，就会看见一条胡同，这条胡同至今让我念念不忘。并不是说这条胡同对我来说有什么特殊意义，只是这条胡同承载了很多我儿时的零星回忆。比如一到冬天这里就会有很多积雪，为了防止滑倒，大人们会在路上撒些炉灰。不管什么时候只要看见谁家大门前有烧完的煤炭，我都会狠狠地踹上一脚，然后转身就跑。还有现在连长什么样子也想不起来的两个儿时玩伴，这条胡同是我们的"紧急逃生路"，我们曾在这里很认真地制订作战计划。

不知不觉间，唤起我回忆的不再是与这条路相关的场景，而变成了这条路本身。我早已忘记这条路通向哪里，怎么走才能回家。但是，我的心里仍然保留着经过时间沉淀，无法名状的情感。如果有一天我也失去了记忆，开始在某一个地方徘徊，我想一定会是这条胡同。破碎的残像和渗透其中的感情会在冥冥之中引领我重回那里。

每天都有很多人在道路上留下足迹，今天也不例外。老人徘徊的那条路也积攒了无数脚印。拼命寻找女儿的母亲，还有她亲手做的海带汤，海带汤的余温至今仍然留在那条道路上，没有散去。

心也需要红药水

由卢熙京担任编剧的电视剧《比花还美》于2004年上映。电视剧中有这样一个情节,患上痴呆症的李英子(高斗心饰)反复往自己胸口涂红药水。这个场景给我留下了极其深刻的印象。"美玉,妈妈的心好疼,涂上这个就会好起来的。"

人生在世,难免会受伤,可就算再孤单无助,我们也要继续活下去,这种时候,我们的心也需要红药水。不是只有"你很累吧""你没有错"这些宽心的话才算是安慰。对有些人来说,他们不愿意听这些敷衍的安慰,而是需要更切实际的建议。再或者,有的时候用心倾听就是一种安慰。如果想用话语安慰他人,那就要用心找到对方独一无二的存在,找到对方生活的特别之处,并大声告诉他。

什么话最能安慰痴呆症患者呢？说来惭愧，我给这么多老人看过病，却从来没问过他们这个问题。我的问题总是围绕他们当下的身体状态或者痴呆症状，比如"最近忘东忘西的情况怎么样啦？""睡得好吗？""有没有哪里不舒服呢？"作为医生不知道如何安慰患者，这着实让我感到自责。于是有一天，我下定决心开始问这个问题：

"老人家，听到什么话会让您感觉舒心啊？"

面对突如其来的不寻常问题，无论是患者，还是家属，都面露难色。甚至有几位痴呆症患者被这种开放问题搞得不知所措，惶恐不安。他们犹豫要不要随便说个答案，或者因为无法理解这个问题，干脆选择闭口不答。看到几位患者惊慌的反应，我觉得可能是自己太心急了，不免有些后悔。

不过，我还是多少得到了一些答案，了解了可以安慰这些老人的记忆和话语。其中常见的有，小时候和村里的小朋友一起在溪边嬉戏的记忆、老大周岁宴时全家身着韩服拍全家福的记忆、儿时一点点攒钱的骄傲，甚至有一位当过兵的老爷爷，说自己的话就是军令，突然对我大声喊起了口令。

一位老奶奶说从自己喜欢的《圣经》章节可以得到安慰，但说不出来是哪一章，明明就在嘴边，却一句话也说不出,她立刻从包里拿出《圣经》便携本,翻了好一阵。

还有一位老爷爷对我的问题给出了明确答复:"让我吃巧克力的时候最幸福。我只要吃甜食,就可以释放掉所有压力。"

还有一位老奶奶,像期待已久一样,突然教训起了我:"我正要说这事呢,医生你变了。以前来你这里可以一解忧愁,现在什么都解决不了。"

老人突然如此坦率地表露心声让我一时语塞。不知道是不是看我慌张的样子很有意思,她继续说起了对我的不满。不满意这个,不满意那个……我全身直冒冷汗,不停地向老人道歉。说着说着,她又说最近看自己丈夫不顺眼,聊得别提多开心了。我突然想到,老人第一次到医院看病时也是这样,她最喜欢说丈夫的坏话。

"今天总算是都说出来了。"

滔滔不绝的老人开心地笑了起来。

某大学研究小组以两百名乳腺癌患者为对象,开展了一项调查,问题是"哪种安慰最有效"。调查结果显示,对患者当前身体状态或症状的安慰,比如"没事吗""看起来有些累啊",反而会提醒患者想起自己的痛苦。而能够起到正面积极作用的安慰是肯定正在承受痛苦的他们,比如"这么艰辛的治疗过程你都坚持下来了，我真为你感到骄傲"。另外，与毫无意义的场面话相比，他们更愿意听到"出现某某症状时请这样或那样做"一类有现实意义的信息。我们可能从来没有注意到，其实我们对安慰别人做的准备还远远不够，就算对方是自己的父母或自己的配偶也不例外。

老年痴呆症患者可能早已过了可以通过话语获得安慰的阶段。对于他们来说，现实在逐渐消失，留在他们脑海中的只有过去。正因如此，安慰现实的那些话语在他们听来是那么苍白无力。但在我抛出问题，寻找答案的过程中，我似乎也成为患者美好记忆中的一员。虽然他们的答案各不相同，有的时候还会听到一些莫名其妙的答案，但至少在那一刻，我看到了他们心中那些我不曾了解的喜怒哀乐。

我虽然没能在这次尝试中找到特别能安慰痴呆症患者的话，但这件事本身的意义不容小觑。趁着身边的父母或配偶还健康，鼓起勇气问问他们吧。如果这种小小的安慰可以在他们陷入痴呆症这个黑洞的时候留在他们的记忆里，让我们深爱的人可以喘息片刻，那我们就有必要从现在开始拉开这场旅途的序幕，不是吗？

生活没那么糟糕

"她剩下的时间不多了。不去见一面吗?"

住在釜山的大伯母打来了电话,她告诉我住在疗养院的三姑要去世了,让我做好心理准备。据我所知,三姑终身未嫁,一直独居。她收养过一个孩子,对方成年后,因为各种原因,两人断了联系,也就没有人在身边照顾她。好在大伯母和三姑住得近,可以像朋友一样陪着她。不知道是不是孤单的缘故,三兄妹中只有三姑患上了痴呆症。

三姑和我父亲长得最像,但由于我们两家住得远,平时很少走动。在别人眼中,三姑可能有些固执,做事雷厉风行,但在我的记忆里,三姑很亲切,就算自己不富裕,也会从衣兜里掏出一张一万元纸币给我。

这几年我一直借口忙,没能去看望三姑。直到有一天，大伯母打来电话，告诉我们三姑得了痴呆症，跑出了家门，差点出事。说是听到了以前租自己房子的小媳妇叫自己，于是她光着脚就跑了出去。在街上徘徊了很长一段时间，最后是警察把三姑送了回来。其实，三姑从很早以前就表现出痴呆症状。她原本是个很爱干净的人，但后来连饭菜都保管不好，经常会把食物放坏。还有一次出门忘记关煤气，差点酿成火灾。因为这件事，三姑最终被送进了疗养院。后来，三姑开始不吃饭，体能直线下降，躺在床上的时间越来越多，积痰让她反复遭受肺炎的折磨。死亡的阴影一点点笼罩三姑。就是在这样的状态下，大伯母打来了电话，告诉我是时候准备三姑的后事了。

第二天凌晨，我驱车前往釜山。我的大脑一片混乱，我不知道三姑的实际情况，更不知道应该跟她说些什么。护士带着我来到了三姑所在的重症监护室。重症监护室很大，里面放了十几张病床，我在最里面看见了三姑。如枯木般的身体和苍白的脸颊，面前的人根本不是我记忆中的三姑，我忍不住又看了一眼贴在病床上的名牌。我坐到她的床边，却什么话也说不出。她的痴呆症已经相当严重，根本无法与人正常对话。她的呼吸声仿佛从喉咙深处发出的低吼，中间还夹杂着"啊啊"声，这是她拼命抓住生命尾巴的一句悲鸣。她没有剧烈的身体疼痛，但仅剩的一点人性也被痴呆症无情地夺走了。

"姑，还认得我吗？"

"……"

我知道她不会给我任何回应，但还是习惯性地问她有没有哪里疼或是感觉不舒服。死亡有千万种形态，很多人说最不愿意以痴呆状态结束自己的一生，直到这一刻我才真正明白这句话。

我再也无法忍受这种令人窒息的场面，我起身走向护士，开始问她一些已经毫无意义的问题。比如，三姑的病情为什么恶化，还有没有可以进行的检查。护士盯着我，仿佛在问我"你现在来问这些，是不是故意找碴"。

"病人的血色素已经掉到了六克，要是还想进行具体检查，就先去大学医院做个内镜。但您应该也看出来了，病人现在的状态不适合转院接受检查。做不做家属决定吧。"

护士说的这些我都知道。我只是想找人说说话，只有这样才不会被沉默吞噬。我拜托护士好好照顾三姑，然后再次走到三姑的病床边。我思来想去，直到最后也没能想出该如何安慰毫无反应的三姑。

就在这时，三姑的眼神不再涣散，像动物一样的呻吟声也停止了。我期待着她能在最后一刻认出我，叫出我的名字，可事与愿违，我们只是相互对视。三姑那双黑黑的小眼睛里承载了多少生活的喜怒哀乐呢？如今，这个问题成了我的自问自答。对于三姑来说，无论给她的死亡赋予多少感情意义也无法给予她丝毫的安慰。

死亡剥夺了三姑的听力和声音，痴呆删除了她对这个世界的记忆、思念、爱、悔恨和悲痛。我的存在对三姑没有任何意义。我不再说话，也不再抚摸三姑的脸，只是握住她的手，转头看向窗外。

医生是直面死亡的职业。癌症患者、轻生者、老年痴呆症患者，还有我身边人的死亡。一次我在老年病区值班，一天就遇到三位老人离世。宣布患者临床死亡是我的职责，我要告知患者的呼吸、心跳和脉搏等生命体征已经消失。这种时候，我总希望每名患者都能在家属的陪伴下走完人生的最后一程。如果有人能上前抚摸逝者的脸，抱一抱他，哭着说一句"你受苦了""我爱你""别担心"，至少看起来不会那么不幸。相反，如果人生的最后一刻只有一位素未谋面的医生站在自己身边看着自己，那么一点点吞噬自己的死亡该是何等凄凉可怖。

没有死亡不令人孤单，也没有死亡不令人伤心。谁也无法代替谁或是帮助谁承担死亡，这注定是自己一个人完成的过程。即使我们把欲望、羞愧、悔恨和悲惨深深地埋藏在心底,可在死亡面前,依然无处遁形。

老年痴呆症患者的死亡多多少少会让我觉得更加可惜,因为我们甚至无从知晓他们的内心。为了缅怀逝者,我们会在他们生命的最后一刻认真聆听他们留下的珍贵遗言。那一刻,对错善恶都不再重要。体面死亡的重点是与心爱之人一起回顾人生,分享有意义的事情,再次确认彼此的爱,约定永远珍藏这份爱,通过爱人继续延续自己的想法、心意和记忆。但是,老年痴呆症患者从一开始就被剥夺了这种机会。他们活着的每一天都在经历死亡,当死神真正来临的时候,他们甚至都不懂等待自己的是什么,就悄然离世。

我们不得不对死亡低头,对于该如何活着,我想了很多。小时候,因为没有人知道死后的世界,所以对死亡本身充满了敬畏感。随着年龄的增长,我们开始感受到渗透日常的死亡,并对其产生恐惧。在人生的最后一刻,除了对死亡的恐惧,还会想起这一辈子的憾事。离开的时候,太多太多的眷恋和不舍会让死亡变成一种足以吞噬人的恐惧。正因如此,我们只有真正面对死亡的时候,才知道什么对自己来说最重要。

每面对一次死亡，我都会问自己一次，现在的生活中有没有后悔的事情。比如：有没有因为还没有挑战而后悔的事？有没有和心爱之人建立深厚的关系？那些被我伤害的人，我有没有求得他们的原谅，达成和解？但是，为了不留遗憾而努力要做点什么的想法不是变成一种压力，就是被生活掩盖，很快便被抛到脑后。我忍不住想，或许这就是死亡想看到的结果吧。不知从何时起，到我诊室看病的痴呆老人总会说一句话：

"现在也没那么糟糕。"

被痴呆症的不安与焦虑笼罩的他们却对周围人说出了这样的话。一开始我以为这只是他们最后的倔强，只是不想承认现实罢了。但听得多了，我突然对这句话产生了一种无法用语言形容的共鸣。在不亚于死亡的痴呆状态下，他们似乎知道该用怎样的态度面对生活才可以给予自己真正的安慰，这也是一种本能。

死亡不会告诉我们应该如何生活，死亡也不会强求我们过怎样的生活。只是在那一瞬间，死亡会通过自己的方式质问你对待生活的态度，让你不由自主地回顾自己的一生。之所以重要，是因为你对待苦难、挫折的态度和人生前进的方式决定了这一切。

我以前总认为老年痴呆症患者的死亡最悲惨，但后来，我亲眼看到了他们如何纾解死亡的压力，如何从容地面对死亡，我从他们身上学到了这种特有的生活态度。世间没有完美的人，我们也不可能做到一生无悔。但是，如果不管我们的生活背负着怎样的缺陷，都能够每天对自己说一句"也没那么糟糕嘛"，我们就可以相信自己依然过着自己最想要的生活，不是吗？就这样周而复始，直到死亡降临，我们无须强求自己说"我这辈子没有做过后悔的事情"，一句"也没那么糟糕嘛"说不定就可以让身处死亡孤独之中的自己得到安慰。

05

失去的和
留下的

希望在西西弗斯的脚下

一位长期照护痴呆症患者的妻子决定来一场一个人的旅行。从她决定去旅行,到真正出发,中间又过去了几个月的时间。两个月来,她不停问我,自己去旅行,患者真的没有问题吗,不知道问了我多少遍这个问题。

"不会有问题的,您可以放心去旅游。"

我给她吃了颗定心丸。对她来说,这不是一场普通的旅行,而是一次可以暂时摆脱日常,稍稍喘口气的机会。她感觉自己已经到了极限,所以这场旅行不是一个选项,而是非去不可。旅行结束后,她整个人变得神采奕奕。

"我回来了。没有发生我担心的那些事。我这次玩得很开心。"

然后她沉默了许久。原本明媚的脸上突然流下两行热泪,她哭了起来。我不知道到底是什么让她激动到红了眼眠。这段时间，她一个人承担了太多，我不知道说什么才能真正安慰她。

"这是我必须做的事情，没有为什么。除了我，也没人做，不是吗？"

这是照护痴呆症患者的家属经常挂在嘴边的话。压在患者家属身上的担子绝不轻松。每次问诊结束，一旦痴呆症患者先离开诊室，沉静的氛围会被立刻打破，家属会长舒一口气，一吐憋在胸口的闷气，然后向我诉说一个月来照护过程中的辛酸、焦虑和愤怒，发泄着对生活千篇一律的愤懑。并不是说改善几项恶性痴呆症状就可以从根本上改变家属的照护，他们必须时刻守在患者身边，这种别无选择的压力把他们压得动弹不得。

他们能从长期照护中得到什么呢？只是因为流着相同的血、生活在一起就必须背负这份痛苦吗？周围人看见他们为长期照护付出的艰辛，会夸他们高尚、重感情，可事实上，这种夸奖反而会给他们施加另一种痛苦，因为他们必须时刻注意周围人对自己的看法。我看到过太多人不敢放下照护的责任，哪怕只是暂时，他们把自己牢牢地束缚住，让人为之唏嘘。不知道从什么时候开始，在这些背负着沉重负担的患者家属面前，我变得无言以对。

直到一位老年痴呆症患者的女儿单独找到了我。虽然时隔很久，但我还是认出了她。每次都是她陪着老人来看病，候诊时始终会紧紧地握住老人的手，进诊室的时候，还会尽可能放慢脚步，配合老人的速度。除了痴呆症，老人还因为肾功能衰竭需要定期透析。很不幸，周围没有可以同时照看痴呆症和透析患者的疗养院或疗养医院，照看老人的重担最终落到了女儿的肩上。看着透析后虚弱的老人，做女儿的心疼不已。可每天晚上，老人又会因为谵妄对女儿恶语相向。面对这样的父亲，女儿每天晚上都会无助地堵住耳朵，独自流泪到天亮。再后来，原本只有晚上才会出现的谵妄会一直持续到白天，这也直接导致老人无法安静地接受透析。鉴于这一情况，老人的内科主治医生建议女儿找痴呆症主治医生，帮老人提高镇静剂用量。可是，老人连路都走不稳了，镇静剂用量的可调整范围实在有限。女儿和老人需要更加专业的帮助，我们能做的只有这些了。最后一次见她时，我的心里充满了遗憾和愧疚。过了很长时间，女儿一个人出现在了我的诊室，简单打过招呼后，我们聊起了老人。

"我爸走了。我知道照看痴呆病人很辛苦，但没想到最后会这么折磨人。我和您都尽力了。我太难了，每天晚上我都在想，我爸要是快点去世就好了。然而第二天，一切的一切会在我身上重新上演。照顾我爸，去医院，周而复始。我告诉自己，只要等这一切结束，我的人生就会变得不一样。可没想到等我爸真的没了，我变得好空虚。好几天我都憋在家里没出门。一开始我以为是自己之前太累了，但这种空虚感始终没有消失。前两天我去咖啡厅喝咖啡，觉得自己和那里格格不入，就像穿错了衣服。照顾我爸那段时间，哪怕是再小的事情，我也从没有为自己考虑过，我做每一件事都要考虑他。虽然一开始是因为身边没有其他人可以照顾他，但终究是我自己站出来，扛下了这份责任，可后来就完全没有选择的余地了。可能我已经习惯了那种生活吧。一件小事我都不能做主，我觉得自己好可怜。我突然想到了带我爸来医院的事情，这也是我的日程之一。如今他不在了，我也不用再来医院，可我还是来了。这些我连想都不想再想的事情直到今天依然支配着我，凌晨准时醒来，按时到医院报到……我像个行尸走肉一样受这些最令人痛苦的事情支配，很可笑吧？"

为人儿女，因为这一个原因就要承担所有痛苦，如今的她还剩下什么？曾经每天吃力地帮助父亲接受痴呆症治疗和透析的记忆？为父亲付出了一切，如今对自己人生感到茫然的感觉？还是，对于自己无能为力，只能眼睁睁看着父亲离世的无力感？她的空虚有数百种解释。但在我眼中，我面前的她绝非脆弱的人。在过去漫长的岁月里，她自己照顾父亲，扛下了无数苦痛。她把这一切当作自己逃不掉的命运，是无可厚非的选择。如今父亲不在了，生活又给了她另一个选择。

古希腊神话中的西西弗斯因触犯众神而被罚把一块巨石推上山顶。当西西弗斯用尽浑身力气把巨石推上山顶后，巨石又会立即滚下山。所有努力化为徒劳，令人绝望的场景一遍遍重复。一切都在按照神的安排有序上演，他无从选择，这是一个无效又无望的人生。但是，哪怕是爬了千万次山，最后又被打回原形，西西弗斯心中依然抱有一个选择，那就是活下去。在别人眼里，他这是无力地顺从命运，但在他的心里，这是他可以做的唯一的选择，他在用这种方法对抗神和命运。

"活下去"的信念深深刻在她心里，是那么强烈，她虽然陷入了空虚，但这种无声的斗争依然活跃。我相信是这种惯性的力量一直延伸到这里，把她送到了诊室。

那之后，她再也没有出现过。但经过和她的这次见面，我开始想象那些看起来脆弱、疲惫的患者家属背后是比磐石还要坚强的西西弗斯。我敢肯定，她一定是选择了自己的生活。现在的我不再把患者家属当作弱者，也不会再对他们小心翼翼，因为我们每一个人都是坚若磐石的存在。

生活之苦
超过死亡时

精神科有应急住院系统。对于有严重自杀倾向或是试图轻生的患者，警察、精神保健要员可自行判断，申请将患者送入国家指定医院住院四天。导致自杀行为的原因很多。有的时候，就连轻生者本人也不知道原因，只是喝酒后产生了强烈的轻生冲动。还有人选择用这种极端方式表达对某些人的怨恨。最棘手的情况当属"蓄谋已久"的轻生者。

"死亡是摆脱痛苦的唯一方法。"

没有其他选择，自我意志让患者只能看见这条路。我曾经目睹这种悲剧有多么惨烈。但是，同样是悲剧的自杀，当痴呆症患者或癌症患者因为疾病而感到莫大痛苦时，为了消除这种痛苦，死亡成为一种默许的选项。美国演员罗宾·威廉姆斯在路易氏体型失智症发病十个月左右的时候，选择结束自己的生命。对于这个选择，你怎么看呢？近期对老年人安乐死这一话题的热议也许正是这种普遍心理的表达。

如果父母在我们面前，问我们："反正我早晚有一天会死，如果可以减少我的痛苦，早点结束这一切，有什么差别呢？"我们该如何回答这个问题呢？如果父母要我们帮他们完成选择，或是求我们提前送他们一程，你会怎么办呢？或许这会是世界上最残忍的请求吧。

作家兼记者的安德鲁·所罗门在记录自身抑郁症的著作《正午之魔》中，写到了自己患有卵巢癌的母亲请求自己帮忙自杀的事情。安德鲁、父亲和正在念法学的弟弟对这一要求惊愕不已，他们尝试说服母亲，可母亲害怕被疾病剥夺自己对生命的掌控力，因此态度十分决绝。

母亲下定决心要亲自决定人生结局后，反而更加专注于眼下的生活，其他家人也不例外。这虽然是一个令人伤心的决定，但在他的记忆中，那段时间是他们一辈子最幸福的时期。

八个月后，经诊断癌症发生了转移，母亲只说了一句"是时候了"，然后就在家人的陪伴下离开了这个世界。正如安德鲁·所罗门所说"母亲的死亡是母亲的事情"，她自己选择了结束生命，用这种方式保护自己的生命免受痛苦。但是，书中字里行间表现出的情感和他回忆中的"一辈子""最""幸福"这几个字好像并不和谐。

在母亲接受安乐死后，家人开始整理母亲的遗物。也正是在这个过程中，死亡黑暗的一面开始显露。父亲拼命寻找安乐死时用剩的药，听说所有的药都被扔掉后，父亲突然大发雷霆："你没有权利扔那些药！"不知不觉中，母亲的安乐死开始支配父亲的死亡。

死亡的潘多拉魔盒被打开了。接下来，梦魇逐渐笼罩了不得不目睹母亲自杀的每一个家人。母亲到达了精神极限，周围人也承认卵巢癌带给她的莫大痛苦，因此无法拒绝她的选择。可问题是，还活在世上的家人是在尚未准备好的状态下，与"死亡"和"自杀"这两个残酷的现实撞了个满怀。

经历过死亡和自杀，周围人产生了无法逆转的变化。他们会想用死亡解决生活中遇到的一切困难，哪怕只是一点小小的挫折，或者说，极易受到死亡的蛊惑。单从社会角度出发，或是从个人心理、医学层面都很难深层剖析导致这种现象的原因。唯一可以肯定的是，这种现象如同自杀模仿行为，即名人自杀后会引发一大批人模仿自杀，具有强烈的传染性。

　　有意见称，我们应该从个人自由和个人选择观点出发看待自杀。问题是，对待死亡的恐惧感和由此产生的后续自杀行为，让这个问题远远超出了个人范畴。一个人的自杀会扩散至家人，甚至影响下一代，导致这些人很容易被死亡蛊惑。这不是单纯的冲动自杀倾向。正如瑞士心理学家卡尔·荣格所说，由人类最初的原始本能形成的两人之间的集体无意识会在无意间混杂着自杀与死亡引发的混乱，从而产生共鸣。

　　从个人角度来看，自杀是摆脱痛苦的挣扎，但这不只是个人问题。特别是老年人的自杀，心理问题不是唯一导火索。当我们听说他们饱受痛苦，比如遇到了经济问题或健康恶化等身体原因（痴呆症或癌症一类的疾病），可能会认为这是一种必然的选择。可自杀就是自杀，自杀带来的沉重感并不会因为闭上眼睛而有所减轻。让自己深爱的人陷入无休无止的痛苦之中，谁也不敢保证这是一种较为人性化的选择。

　　那么，当生活的痛苦超越死亡时，老人可以忍受多久呢？韩国健康保险对此进行了统计，根据过去十年对

36541名老年痴呆症患者进行的调查结果显示,其中有113人选择用自杀的方式结束生命。这些人从确诊痴呆症到死亡,大约间隔1.2年。令人震惊的是,不只是痴呆症,癌症患者、脑梗死患者同样会在确诊一年后出现极高的自杀风险。当然,这只是老年人自杀统计数据,并不能代表所有群体。但值得注意的是,在遇到无法依靠自身力量跨越的鸿沟时,人们走向自杀这条路的时间可能只有一年。这段时间的意义之重不亚于疾病对自杀造成的影响。为什么是一年?为什么一年的时间会让他们产生如此极端的想法?

确诊后一年,除了要牢记这是防范他们自杀的重要时期,也要注意这是他们在现实生活中直面死亡问题的重要时刻。他们会对真正的"体面死亡"做最后的思考,他们希望有尊严地存活于世,计划用死亡的方式留住自己的尊严。一旦生命的天平向死亡一侧倾斜(痴呆症变严重或者癌症恶化),他们就永远失去了用健全的精神对待自身死亡的机会。正因如此,他们会在这个时间点更加强烈地思考自己的生活和死亡。选择与命运作斗争的这段时间,对死亡的恐惧迫使他们选择自杀,这是他们思考的结果。

其实,在我们认为大局已定的情况下依然可以做一些改变。我这么说不是让大家否认疾病造成人生悲剧的烙印、瞬间击垮一个家庭的苦痛和自己逐渐被遗忘的恐惧。而是在这个过程中，我们依然有能力改变一些东西。比如在痛苦中决心尝试记住那些珍贵回忆，在扭曲的现实中，用坚强的意志努力寻找并牢牢抓住隐藏在症状背后的人性，接受自己想要自我放弃的欲望和局限性，同时尽可能坚守自己的生活。

感觉自己会成为别人的负担，认为自己无论如何努力也无法改变现状，还有只要自己一死，所有人都可以松口气，这些想法统统都是错误的。自杀永远不是降低生活难度的办法。悲惨的现实和痛苦是自杀的种子，正因如此，这种选择不可能带来本质的放松。我曾目睹一位跳楼轻生者临终时的样子。轻生者被送来医院，他的最后一刻只有痛苦，我没能从他的眼神中看到一丝解脱。正如安德鲁·所罗门在《正午之魔》中所写，自杀如深不可测的大海，至今仍是未解之谜。自杀绝对不是轻生者的个人问题，一个人的自杀会跨越时间和空间，影响其他在世的人。

其实，在现实压垮生活的时候，拯救我们的往往是那些不经意的小事，比如在企图自杀的那一刻突然响起的电话铃声,突然收到其他人的关心,擦肩而过的人对自己的鼓励,偶然发现的一则短文。这些事情不需要特别的人,我们每个人都可以做到。

我不是说自杀就一定是消极的,体面死亡就一定会怎么样,而且也没有人可以代替他们担负身上的重担,单纯的安慰或激励说不定还会雪上加霜。但我们并不是什么也做不了,在他们离死亡越来越近,就要失去自我的时候,我们可以在他们身边用心聆听,不让他们被死亡引发的恐慌打败,帮助他们思考自己的人生。这才是我们在对体面死亡下定义前,应该思考的课题,不是吗?

确诊一年也是一段整理人生的时间,可以思考一下什么对自己的人生最珍贵,自己想要守护的究竟是什么。就我个人而言,我希望他们在经历这个过程后,不仅可以平安渡过难关,还可以找到自己要守护的珍贵事物。

偷血的贼

一天早上，我正在诊室准备上午的门诊工作，突然接到了住院部的紧急电话。一位因痴呆症住院的老爷爷正在辱骂护士，还佯装要向他们扔东西。前一天老人还很安静，也没有什么特别刺激他的事情发生，所以在听到消息的那一刻我感到很诧异。我来到病房，发现老人的眼神中充满了愤怒、困惑和恐惧。

"要让我知道是哪个兔崽子，我饶不了他！"

老人把胳膊伸出来给我看，他的胳膊上牢牢地粘着白色纸胶带。

"有人在偷我的血。我就睡了一觉，不知道是谁在我胳膊上缠上了纸胶带。我问旁边的人，他们说是有人一大早抽了我的血。怎么能这么做？你们要用我的血做什么？"

老人的脸煞白，愤怒和恐惧的表情不断在他的脸上交替。护士在抽血时肯定已经解释过了，只不过老人的大脑早已删除了这一段记忆。

小时候，我只要听到鬼故事或吸血鬼的故事就睡不着觉。我害怕的不是它们怪异的长相，而是自己会忍不住想象它们在黑暗中伺机而动，突然跑出来吸我的血。房门外伸手不见五指的黑暗让我失去了行动能力，一闭上眼，无尽的黑暗总让我觉得会有事情发生。这种担心和力不从心进一步放大了我心中的恐惧。可能这就是老爷爷对黑夜中有人抽自己血这件事感到的恐惧吧。

老人的愤怒背后是对自己无力反抗而感到无助，无故被人抽血，自己却什么也做不了。老年痴呆症患者的无助使得他们觉得自己被这个世界抛弃，并且加速恶化他们的认知功能。这个问题不只局限于痴呆症患者，从精神科咨询内容来看，无论是青少年，还是成年人，最令患者痛苦且难以克服的情绪之一就是无助。

源自精神痛苦和创伤的无助对自我的摧毁力度远超其他情绪。儿时被父母或其他长辈虐待过的人、被同学孤立过的人、遭受过性暴力的人，无论过多久，他们永远停留在曾经最失魂落魄、孤立无援的时刻。即便成年，他们的心里依然装着那颗受过伤的童心。他们看不见值得珍视的人，觉得自己和其他平凡的人不一样，会自己建起一堵墙，主动与他人保持距离。从这点来看，无助似乎是一种孤立的情绪。

老年痴呆症患者就是这样，他们本就缺乏看清事实的能力，而现实中很少有人愿意拉住他们的手。特别是随着痴呆症状的加剧，他们住院的时间越来越长，独自一人被留在陌生环境之中的混乱感让他们逐渐变得消沉无助。那些不明白自己为什么住院的老人一开始还会气势汹汹，动不动就发脾气，但从某一刻开始，他们就会变得沉默寡言。当然，不排除恶性痴呆症状得到缓解的可能性，但接二连三涌现的无助感会让他们害怕自己是不是被全世界抛弃了。

只有相信自己已经不再是曾经那个什么也做不了的孩子，接受自己的成长，才能摆脱这份无助。而这需要有人可以和患者一同分担无助感带来的压力。就像小孩子摔倒后，如果得到妈妈的鼓励，就可以自己站起来继续走路一样，被某人完全接受的感觉极其重要。个人的力量无法消除无助感，人际关系才是最好的良药。

"有人在偷我的血。"老人需要能够替代这种无助感的东西，但他自己什么也做不了。最终，极度愤怒占据了老人的心。护士的解释反而愈发激怒老人。我作为最后一名击球手站了出来：

"吓到您了吧？是我没有解释清楚。"

这身白大褂要比我想象的管用得多，有时我会觉得对不起护士。老人不再大喊大叫，而是转头盯着我手里的纸。在老人再次发火前，我把他请到了咨询室，并把验血报告放在他面前，用圆珠笔在报告上做了几个明显的标记。

"您的贫血数值偏高，必须持续观察。贫血就是说您体内缺血，会让您感觉头晕、没有力气。所以我今天让护士给您抽血，是不是吓到您了？所以说，是我给您抽的血。您看这……"

解释了好一阵，我告诉老人的最终结论就是：

"您的血是我抽的。"

见自己的主治医说了这么多，老人的心结似乎是解开了，压在他身上的无助感也消失了。这一刻，老人的脸上终于露出了笑容，他对我开口说道：

"您是为了我的健康着想，就是抽走一罐子也没事。好好，我知道了。"

对自己和周围事实的认知，以及从他人身上获取的经验，可以对无助感起到一定的缓解作用。当然，老人可能没有办法真正理解因为自己贫血而需要抽血这件事。但是包括我在内，大家被老人的愤怒搞得手足无措，并拼命向他解释的做法让充满无助感的老人产生了一种满足感。结果就是，无助感得到缓解，老人暂时找回了现实。

但是我们知道，老人的无助不是因为抽血，而是因为从始至终没有人征求他的意见，自己稀里糊涂就被家人送进了医院，记忆不受控制地一点点丧失，自己整天处于束手无策的状态。虽然他暂时找回了理智，但说不定又会因为什么事情再次激发他的无助感。即使是这样，我还是希望老人可以暂且放下那份无助，哪怕是一天，也能好好休息一下。

没有我的全家福

在我父母家有两张全家福,一张挂在所有人都可以看到的客厅,另一张挂在小屋一个不起眼的地方。客厅里的那张是一张很普通的全家福,有我的妻子、孩子、外甥、大姐、二姐、弟弟和父母,每个人脸上的笑容都是那么灿烂。反观挂在小屋子里的那张,因为时间过于久远,照片背景色已经发灰,上面落满了灰尘。这张照片是十几年前照的,上面没有我妻子和孩子,也没有我。

当时,大姐和外甥准备到海外生活两年,我们决定在他们临行前照一张全家福。提前两个月订了照相馆,也订好了聚会时间,可偏偏就是那天,我在医院忙得手忙脚乱,把照相这件事忘得一干二净。在约定时间一小时前,家人打电话来提醒我,我看时间仓促,又想以后有的是机会一起照相,便决定爽约。母亲听到我说不去拍全家福,只是悻悻地说了一句:"下次再一起拍吧,你注意身体。"

不承想没过几天,生活就让我实实在在体会到了"下次"两个字的沉重感。大姐和外甥离开后一个月左右,母亲打来电话。她总怕妨碍子女的工作,所以很少主动联系我们,但这次却嘱咐我有空一定要回家一趟。一开始我并没有在意,以为是她想我了,但当她背着家里人找到我时,我才意识到事情的严重性。

母亲说自己的胸口长了一个肿块,问我能不能检查一下。那一刻我呆住了。作为医生,我当然可以提供检查,可作为儿子,我胆怯了。我知道母亲能跟我说这件事一定用了很大的勇气,我努力平复心情,冷静地检查肿块部位。核桃大小的肿块凹凸不平,指尖可以清楚地触摸到肿块的粗糙感,我的心一沉。恶性肿瘤的可能性极高,这是我上医科大学时背过无数遍的恶性乳腺癌特征。这意味着与病魔斗争的痛苦生活拉开了序幕。

"您怎么不早点去医院?什么时候发现的?"

母亲的沉默让我产生了无法抑制的怒火,都长到核桃这么大了,她肯定早就有所察觉。我开始埋怨母亲:"这病又不是忍忍就能好的,连小孩子都知道生病了要上医院,您怎么连这点常识都没有啊!"母亲没有丝毫回应,一直闭口不言。

母亲与病魔之间的抗争持续了好几年,她接受了手术,又接受了抗癌治疗和放射治疗,其间她一直极力隐藏自己的痛苦。特别是每次来我工作的医院接受抗癌治疗时,她都是笑嘻嘻的。但我听说,她每次回到家都会呕吐不止,全身疼痛,还因为这些治疗反应成了急诊室的"常客"。可就是这样,她对我依然只字不提。我只感觉到母亲做的菜大不如前,可直到几年后才知道,是抗癌治疗影响了她的味觉。对于母亲的痛苦,我总是后知后觉。

母亲接受抗癌治疗整整五年,为了确认癌症是否彻底治愈,她到医院接受了最后一次骨扫描检查、超声波检查和血常规检查。所有检查结束后,筋疲力尽的母亲回到了家。那天,她盯着那张全家福,对我说:

"这照片其实挺可笑的。脸上虽然笑着,可我心里却一直想自己马上就要死了。"

"您那时候就知道自己得癌症了?"

"谁能比我更了解我的身体。女儿和外孙子要去好地方,大家那么开心,我可不想因为我让他们跟着担心。我一个人硬撑着,结果你却说不能来,我当时就觉得真是命运弄人。为了让自己好受一点,我就想,让我一个人承受所有孩子的痛苦吧。"

在预料到自己患癌的那一刻,母亲是如何在家人面前不露声色,笑着照出那张全家福的呢?过去几年,我始终都没能察觉到母亲当时的心情,直到这时,我才从母亲口中得知真相。在拍摄全家福几天前,母亲发现了自己胸口的肿块,她怀疑是肿瘤,却主动选择忽视这个不幸。她说害怕一说出来,这种预感就会变成现实。而更令她害怕的是,自己会成为子女的负担。她想用全家福给一家人留下幸福的回忆,在她看来,这是做母亲的职责。

"都觉得自己要死了,为什么看起来还那么高兴?您笑得是不是太开心了?"

母亲接下来的回答出乎了我的意料。

"其实我挺想哭的。我想看到子女的幸福生活,我不想死,我当时真的要疯了。可摄影师一直让我笑,我能怎么办,就笑呗。"

就这样,这张没有我,却是我最喜欢的一张全家福被照相机定格了下来。一连串的痛苦瞬间反而会让人回想起自己的真心和真爱。要问我从这件事中学到了什么,那就是痛苦不是生活的终结,生活在痛苦中继续,而支撑生活继续走下去的,是夹杂在痛苦中的那些可以见证珍视之人内心的瞬间。

自重的前提是存在感

在诊室接待的痴呆症患者多了，总能看到有些人明明生活在当下，却总是沉浸在过去的记忆之中。患者不愿放下的往往是自己最有存在感的时期，不一定是生活条件最好的时候，可能是自己作为一家之主撑起整个家的时期，可能是兢兢业业的工作态度得到周围人认可的时期，也可能是回到了集万千宠爱于一身的童年，四处寻找自己的父母。

他们拼命想要回到以自己为中心的过去，是为了抓住即将消失的自己吗？守护生存的价值，对自身存在感的思考并不局限于老年痴呆症患者。

存在感
认为人、事物、感觉等实际存在的一种感觉；存在本身产生的一种感觉。

以上是字典对"存在感"一词的定义。需要注意的是，存在感不能像上面的定义那样局限于一种感觉。幼儿园里，孩子们的语言表达能力尚未发育完全，但对于老师的提问，还是会抢着举手回答。由此可见，存在感是一种感觉，更接近一种欲望、一种本能。就像饿了要吃饭，困了要睡觉一样，这种本能会让我们在得到满足前，一直处于一种渴望、痛苦的状态。

刚出生的婴儿会大声痛哭，让大人注意自己的存在。年幼的学生会来咨询如何避免自己在同龄人中成为透明人。如今，为了在虚拟社交平台展示自己的存在感，不管是大人还是小孩都在拼命刷点击率，不停地求点赞、求转发、求关注。人一旦成年，就会想尽办法证明自己对某个人是有价值的存在，是可以得到爱的存在。这一点并不会随着年龄的增长而改变。回顾一生的老人也希望自己可以一直在后代心中留有一席之地。

如上所述，存在感是人生的热门话题。或许"存在感"也可以成为一个发育课题，人生在世，每个人都必须认真思考一次这个问题，得到定义后才能真正放下。

我也很严肃地思考过这个问题。我不是一个存在感强的人，不会对自己的看法侃侃而谈，也没有幽默感，无法活跃气氛。我想说这都怪我自己性格太内向，可我很少发表自己的意见，最终连这种话也会被我咽回肚子里。几年前在医院临床实习，其中一位同事对我的评价是"我不知道他在不在这里"。我不否认，当时只是一笑而过。可是，存在本身被人否定这件事让我很受伤，每每遇到问题，我的存在感会进一步降低。

但是，我的工作是安抚那些受到伤害的心灵，通过共鸣安慰、治愈他们。在这个过程中，我有机会深入观察存在感在不同患者的生活中是怎样的一种存在。对存在感的看法绝对是因人而异、多种多样的。大部分人的存在感由周围人对自己的需要度决定。他人的评价会严重影响存在感的大小。"声音小""意志消沉"等个人性格倾向经常被认定为凸显存在感的障碍。实际上，这不是存在感的问题，却经常被当作把不理想结果推卸给个人的借口。生活使我明白，性格倾向本身并不能左右一个人的存在感。反而是那些不在乎他人目光，从始至终脚踏实地，默默走自己路的人，他们的存在感会绽放更耀眼的光芒。

换句话说，存在感不由他人决定，更不是一成不变的，而是会随着自己的成长和思想发展产生变化。周围人的肯定与反应会影响我们，这一点不可否认，但要记住，在理解自己的基础上找到的存在感会让自己幸福。依赖他人看法的存在感会让我们不停想要去满足他人的期待，最终导致崩溃。

我们希望自己成为"人气王"，专注于寻找展现自我的方法。化妆打扮、学习说话之道，或者积累各种经验和能力，让自己脱颖而出，我们想方设法成为优秀且有力量的人。但是，这种对存在感的理解是片面的。只要遇到比自己更优秀的人，这种存在感就会瞬间土崩瓦解。我们会与他人比较，努力在别人口中建立自己的存在感，这种错误的认识会让我们最终陷入痛苦的深渊。

真正的存在感来自自我成长、思考，以及经历生活考验后的思想成熟。从这个角度来说，存在感需要时间。每个人都有自己的花期，唯有经过成长才能真正绽放。我们不能不承认，有的人的一举手、一投足都会吸引他人注意，希望大家不要因为和这种人比较而看低自己。对存在感的思考是成长的证据。与其执着于自己在他人眼中有多么优秀，不如在世界和自己之间画上一道明确的界线，培养自己不受他人影响，只满足自我需求的存在感。

近期有研究从存在感的角度看待痴呆症问题，值得深思。2013年，澳大利亚新南威尔士大学博士李·费伊·劳对超过六千项关于个人性格和痴呆风险的研究进行了分析。结果显示，越是诚实的人患痴呆症的风险越低，相反，社交型、活动性强、有领导力的人（外向性高的人），以及容易与他人共情的人（友好性高的人），这类人的性格对预防痴呆的作用并不大。

我认为这里隐藏着一个关于存在感的小提示。那些即使社交能力差、活动性较弱，或是经常被人说读不懂别人的心思，没有眼力见，却依然默默坚守自己人生的人，他们的内心力量绝对不容小觑。不是只有独特或与众不同的个性才能创造存在感，脚踏实地走自己的路，等待自我高光时刻的力量同样是存在感的源泉。我也想坚持走自己的路。

女婿正看着呢

一位年过八旬的老奶奶坐在轮椅上，在疗养院员工的陪同下到医院接受痴呆症诊疗。疗养院带来了老人做过的简易认知检查表，上面所有问题都标记为"无法确认"，说明老人处于无法沟通的状态。实际生活中也一样，老人从不回应任何问题，经常左顾右盼。之所以走到来医院这一步，是因为老人出现了攻击性，会辱骂疗养院的员工，张牙舞爪地威胁其他人。解决老年痴呆症患者的暴力问题要先找到导火索，但这种无法沟通的老年人，很难究其原因。

第二次诊疗时，我见到了老人的女儿和女婿。有家人的陪伴，老人看起来放松了不少。女儿向我详细地描述了老人的痴呆症状。其间，老人就坐在边上默默地听着。大多数老人听到家人提及自己的症状不是生气，就是拼命辩解自己根本没有家人说的问题。可这位老人看起来对此毫不在意。我提出重新进行一次疗养院没有做成功的简易认知检查，女儿随即从包里掏出一个老旧的助听器。

"我妈听不太清。"

老人不太会用助听器，后来只好我问一遍，女儿在老人耳边大声重复一遍。以前，那些长期听力不佳的人会靠看口型来判断对方在说什么，但新冠疫情后，大家都戴上了口罩，想要听懂对方的话简直是难上加难。这种方法虽然慢，但好在老人可以接受检查，还回答出了一些问题。她会点头，偶尔还会冲着女儿笑。女婿默默地坐在后面，注视着岳母接受检查的样子。岳母回答得好，他也会跟着露出笑容。

检查进行得很顺利，可到了叠加五角形测试环节，老人却突然停了下来，说什么也不再做下去。女儿催促老人快点完成检查，可老人却回了一句：

"怪不好意思的，太难为情了。"

"妈，这有什么难为情的。这是最后一项检查，您得做完啊。"

老人像小姑娘一样笑了起来，然后回头看向安静地坐在自己身后的女婿，说：

"我不画。女婿正看着呢，怪不好意思的。"

女婿和女儿看着难为情的老人一起笑了起来。老人的两颊通红，像个小孩子一样。

羞耻心
1. 做错事或良心不安导致丢脸或无法理直气壮。
2. 感觉羞涩而不好意思。

羞耻心是一种非常复杂的情感。羞耻心的第一条定义是指做出违背道德良心的行为后产生的情感，第二条定义则是指人天生的性格。另外，羞耻心的前提是要正确认识自己，所以这是人类成熟到一定程度后才产生的情感。从以上两条定义来看，对于羞耻心是否属于天生基本情绪，像愤怒、悲伤、幸福、憎恶、惊讶、恐惧一样，学界众说纷纭。

通过老年痴呆症患者可以看出，羞耻心的确是长时间控制他们内心的一种基本情感。在痴呆症前期或痴呆症初期，最先让老人感到痛苦的情感说不定不是愤怒和抑郁，而是羞耻心。从周围人的担心和指责中，他们再次确认了自己隐约感受到的缺陷，羞耻心愈发强烈。结果就是，反复的羞愧难当被愤慨之情替代。至少在爆发的那一瞬间，他们不会感觉自己有什么问题。对愤怒的短暂宣泄也可以帮助他们减少混乱。正因如此，老年痴呆症初期患者表现出的易怒症状也被解释为羞耻心的防御措施。

痴呆症进入重度阶段后，患者会失去对自己及周围人的认知能力。那么，羞耻心是否也会随之消失呢？正如同我们对羞耻这种情绪的看法，老人腼腆微笑的背后隐藏着复杂的信息。即使失去自我，无法认知周围的人和事，他们依然会感到羞耻。不过，初期老年痴呆症患者会因为自尊心受损而感到羞耻，这与处于重度老年痴呆症患者表现出的羞耻心有微妙的差异。这不是不知道自己身处何处的茫然感，而是一种可以让目睹这一切的周围人也能够会心一笑的感情。

从个人角度来说，羞耻心被认为会让一个人妄自菲薄，是必须克服的负面情绪。害羞的人适应能力差，很容易成为被社会淘汰的失败者。可是从社会角度来说，人之所以会产生羞耻心，是因为有意维持与他人及社会的良好关系，进化论也将羞耻心解释为维持人类社会凝聚力的必要情绪。没有羞耻心的精神变态充分说明了羞耻心在人际关系中的重要性。想要向别人坦诚自己的不足，渴望沟通的时候，就会产生羞耻心。

痴呆症让老人失去了基本的沟通能力,可在女婿面前,她还是感觉到难为情。这说明,即使痴呆症导致自我认知能力支离破碎,但患者依然渴望与自己最爱的人在一起。

后续治疗过程中我慢慢了解到,老人在疗养院期间,只有大小便后换成人纸尿裤的时候,才会做出吐口水或愤怒的反应。害羞的老人不想让别人看自己的身体。没有人在意她为什么会这样,她自己又说不出来,只能干着急。我知道三番五次被老人这般对待的护工一定很为难,也理解老人的羞怯之情。她那抹腼腆的微笑和害羞的神情让我知道,她还在用心与我们沟通,我相信她一定可以重新找回平稳的心态。

老人的口罩

新冠疫情爆发后,小小的诊室内也发生了很多变化。痴呆症患者遭遇的痛苦更是无法一一尽诉。住在疗养机构或医院里的老人生活空间有限,只要有一个人确诊,其他人都有可能被传染。考虑到这一点,疫情期间不仅禁止老人外出、外宿,还暂停了家属探望。现在,好不容易盼到开始放开家属探望的新闻,可情况突然出现了变化。

住在家里的痴呆症患者也不例外。他们不能外出,成天精神萎靡,记忆力更是每况愈下。以前,他们还能到社会福利服务中心、敬老院、老年大学、老年服务中心参加活动,现在这些地方都是大门紧闭,他们唯一能做的就是待在家里看电视。

不过,那些老奶奶、老爷爷还是在用自己的方式适应这一大难关。疫情期间，最大的变化当属口罩。新型冠状病毒流行初期，我就是否佩戴口罩一事没少与老年人争论。很多人觉得戴口罩麻烦，会导致呼吸不畅，很不舒服，可这也是无可奈何的事情。面对为自己准备口罩的子女，老人们经常大发雷霆，然后气呼呼地把口罩塞进裤兜里。对话过程中，他们怕影响沟通，总是习惯性地摘下口罩和我说话。还有些老人的口罩一看就用了很长时间，上面满是污垢，我不得不给他们新的口罩。遇上这类老人，我通常会暂停诊疗，转而教他们口罩的佩戴方法。

还有些老人正好相反，他们不仅认真佩戴口罩，还会用自己的方式严格防疫。就有这样一位老奶奶，轮到自己看病时，只把诊室的门开一道缝，自己站在门外。她走路不稳，平时要靠步行辅助器才能走路，疫情前，她虽然慢，但还是坚持走进诊室，在椅子上坐稳再和我说话。可随着疫情加重，她就在诊室外靠在步行辅助器上，大声问我："医生，您好吗？"我还没回答，她就继续简单地说一下自己最近没问题，"给我开药吧"，说完便慢慢转身离开。整个过程一气呵成，还不到一分钟。结果就是我连招呼都没来得及打，只看见了老人转身后的后脑勺。

我有一个朋友是皮肤科医生，他向我推荐了护面罩。

在新冠感染高发期，我除了佩戴口罩，诊疗时还会在外面再戴一个护面罩。其他成年人患者并没有什么特别反应，可老人却对此产生了浓厚的兴趣。

"这是啥？看着挺怪的。哪买的？"

"你这是干吗？这也有确诊的人吗？"

戴口罩只罩住嘴巴的时候，他们一句话也没有，可对护面罩，他们展开了问题攻势。我问他们，这种可以遮住整张脸的护面罩是不是很奇怪，一位老奶奶很快接话道："医生戴着面罩，看起来好吓人。"说完还目不转睛地盯着我。还有一位不爱说话的老奶奶瞥了我一眼，随即起身走出了诊室。再后来我摘掉了护面罩，只戴一个口罩。以前，我们没有口罩，可以面对面聊很多，可现在，老人们整日被困在家里，不能出门与别人聊天，到了诊室，我虽然让他们敞开心扉，畅所欲言，却无法像以前那样握住他们的手。为了配合新冠防护，我们的打招呼方式变成了碰拳。正因如此，我意识到了那些我们司空见惯的事情是多么珍贵。希望疫情快点结束，早日迎来春暖花开。

201号的洗澡风波

闷热的夏日,面对一大早就吵着闹着要陪他玩的孩子,就是再有耐心的父母也一定会不耐烦。如果不是一个孩子,是三个呢?如果再加上邻居小孩和孩子的同学,超过十个小不点一拥而上呢?还没有完。孩子们不停地跑来跑去,你被夹在中间,要准备饭菜,安慰吵架的孩子,制止行为过于危险的孩子,最后还要在两三个小时内用电脑处理好工作文件,你会怎么样呢?

你知道吗,这就是精神科住院部照护老年痴呆症患者的护士、护工的日常。大学里,老师告诉我们要摒弃医疗温情主义,医务人员不要把患者当作孩子,不应该事无巨细代替患者完成。可是看看那些照护痴呆症患者的护士、护工,哪一个不是像照顾"熊孩子"的坚强母亲?要问我在这里的角色,很遗憾地说,我更像是装作照顾孩子,实际上拿着手机安静地躲到角落里的父亲。当然，我也时刻准备着，只要听见孩子的哭声就冲上前。

平时病房里，总有让护士、护工头痛的事情。那就是给老人洗澡。随着痴呆症的发展，一切曾经再平常不过的日常活动都会逐渐失去秩序。其中，洗澡是一项基本的，却比想象的复杂得多的日常活动，需要各种机能的支持。就拿洗头来说。小的时候我们花了多长时间才能自己洗头？要会弯腰，时刻注意不要让洗头水流进眼睛里，要懂得区分洗发水和护发素，还要用自己的力气洗头，真正做到这一切要等到八九岁吧。患痴呆症后，患者会忘记洗头的步骤，或是因为注意力下降，缺乏肌肉力量和平衡感而不得不由他人代洗，否则这件事就会逐渐变得陌生、不方便。心理上，患者想要尽可能隐藏自我身体机能下降的问题，于是就干脆用讨厌洗澡的方式表达对烦琐事务的抗拒。想要劝说他们自己洗澡，并不是件容易的事情。

关于这一点，令我印象最深刻的人是201号病房的三位老爷爷，他们都是痴呆症患者。201号病房其实是六人间地暖房，主要给那些睡不惯床或是可能会从床上跌落的患者使用，大部分是老年痴呆症患者，也是我每次查房的第一站。早上十点我走进病房，看到三个人正闭着眼睛，面朝墙壁，侧身枕着一条胳膊躺在地上。就像偶像团体用尺子量过的群舞一样，动作整齐划一。感觉到有人进来，离门最近的一号老人会在我还没说话前，抢先回答：

"来啦？我没事，明天见。"

紧接着是旁边的二号老人，只见他稍稍转头，对我说出同样的话：

"嗯，我也是。"

最后是三号老人，他连眼睛都不睁，只是快速点几下头，摆摆手，再"嗯嗯"两句，用无声的方式告诉我快点走。每到饭点，三个人会一起拿着餐盘出来取餐；屋顶散步时间，三个人也会一起，第一个人从病房里出来，站在最前面等待另外两人出来后再出发。三个人看起来关系很好，可鲜有人看见三人聊天的样子。

在拒绝洗澡方面，他们三个人出奇的团结。原本不爱洗澡的老人如果和年轻患者共用一个病房，多多少少会有所注意，医护人员只要抓住时机，说帮他们洗澡，他们多半会配合。但是，201号病房的情况不一样。护士虽然坚持要给他们洗澡，但面对抱团的三个人也是束手无策。三个人不说自己不洗澡,而是用"Tiki-Taka"[1]的方式扰乱医护人员。

"你先去洗。"

"凭什么?你去我就去。"

"我现在好累啊。你先跟着去。"

"上次就是我先洗的。"

三号老人这时候依然用手势代替语言。他摆摆手,示意另外两个老人先去。同样的话就像被标记了反复记号一样,不断重复。

新来的护士很容易"上当"。他们会上前拉老人的胳膊,用自己的巧克力"贿赂"老人,但这三位身经百战的勇士并不是那么容易搞定的。为了解决这个问题,接下来只能派资深护士上场,他们不会被老人的诡计蒙蔽,资深护士面带微笑,但眼神中透露着果断。他们会用自己的技巧对付老人。护士们的方法五花八门,有些护士软硬兼施;有些护士会用打太极的方式达到自己的目标;有些护士会"死缠烂打",直到老人答应去洗澡;还有些护士会利用其他老人,营造一种不得不去洗澡的氛围。今天的资深护士选择用协商的方式。

---

1 Tiki-Taka:足球术语,形容球员们在场上快速地短传。——译者注

"老人家，你们要是去洗澡的话，我就让你们和家人视频通话。"

作为痴呆症患者，平时根本没法自己打电话，帮忙打视频电话绝对是一张有用的协商牌。以前这是一个可以成功一半的方法。为什么只能说是成功一半呢？老人和家人视频通话后的确有进浴室，但只是用水打湿了身体，换了内衣，就又回到了病房。可今天，三个人没有一个起身，都在那里一动不动。

"下次，下次。"

不知道是不是看出了资深护士眼中势在必得的光芒，他们把身体尽可能转向墙壁一侧，蜷缩起来。还能怎么办呢？如果身边有一名家属还能在旁边劝说一下，可现在一个人也没有，没有人可以帮忙。老爷爷坚持不洗澡，护士只能找我商量最后的方法。

"医生，要不要那样做？他们太久没洗澡了。"

"就算换了枕头，转眼间就变黄了。"

"其他病人都抱怨受不了了。"

精神科住院部不像疗养院或是疗养医院，这里没有专门的工作人员帮老人洗澡、穿衣服，也没有人在他们身边提供专业照护服务。把这些工作交给护士实属无奈，我也是心存愧疚。

"也没有其他办法了,实施吧。"

201号病房里气氛紧张。只是不洗澡,没想到竟然惊动了主治医生,三位老人一反常态,不停地看我的眼色。教育孩子的时候,不宜多说话,眼神对结果有七八成的影响。一个眼神就应该让他们感受到不寻常,还要注意瞪眼的程度,过激反而会让对方误认为是在挑衅。

"您三位要是都不洗澡的话……从今天开始只能禁烟了。"

这是为了增进正面行为的"行为治疗"。三位老人最大的乐趣就是散步时抽根烟,没有比剥夺乐趣再有力的协商了。有些人甚至会生气地大喊:"什么!谁允许你这么做的!"我静静等待着老人们的回答,很好奇他们接下来会说些什么。

"哎,那就没办法了……要不就洗一次?"

"一起去呗。医生都这么求咱们了……你也快点起来。"

果然是身经百战的老将,痴呆症也没有影响他们灵活的思考方式。年轻人容易冲动,会因为无法接受而起冲突。但是201号病房的三位老人知道见好就收,他们的这番操作让下定决心和他们对抗到底的我感到很尴尬。

"好了，让医生您受累了。"

老人排着队走向浴室，一句话结束了这场拔河。不知道为什么，我总觉得如果我表现得过于强势，就会输给老人们。治疗听起来是件很了不起的事情。其实，在我的职业生涯中，更多的是与这些老人一起经历的一件一件平凡的小事。

接受无法接受的事情

"哎,你好吗?"

诊室的门被"哗"地一下打开,一位老爷爷朝我招了招手,满面笑容地走了进来。每次见他这样,我都会不由自主地从椅子上站起来,向他鞠躬问好。接下来,老人会对着我的脸左看看,右看看,然后边坐边说:

"你怎么了?脸色看着没有上次好啊。你不会没好好吃饭吧?"

新冠疫情爆发后,我在看诊期间都会戴着口罩。不知道他是什么时候看到了我的脸色。这下,我和老人的角色发生了对调。走进诊室后,他会先简短地说一下自己没有问题,健康得很,然后把话题转到我的身上。比如脸看起来有些消瘦,有没有按时吃饭,血压是不是像他一样高,嘱咐我多运动,不仅给我诊断病情,他还会下医嘱。老人的到来让我身上穿的这身白大褂瞬间失去了意义，我成了受他照顾的人。在身心疲惫的时候，老人的这种做法真的能给我带来一丝安慰。

其实，第一个让老人背负上痴呆症枷锁的人是我。当时，老人动不动就向家人发脾气，说自己的存折或是攒的钱丢了，不然就是给子女打过电话，第二天又忘得一干二净。因为上述记忆力减退症状，家属带老人来医院接受痴呆症诊断检查和脑部影像学检查。从检查结果可以看出，他的认知功能领域全部退化，已经低于正常水平，脑部影像学检查也显示，重点影响记忆力的大脑海马体部位已经萎缩——典型的初期痴呆症。

在我说明检查结果时，老人的表情让我至今记忆犹新。他神色凝滞，颤抖着双唇反复重复着一句话——"我没病"。作为医生，我有责任告诉他准确的检查结果。我把脑部萎缩的影像学检查结果展示给老人和家属，然后指着海马体部位，告诉他们这是负责记忆力的部位，这里萎缩通常意味着痴呆症已经开始发展。

"我没那么弱，这辈子我什么大风大浪没见过，怎么可能得痴呆。"

听完我的解释，老人用低沉的嗓音说道，眼神里充满了惊慌。我接下来的职责本应是告诉他痴呆症后续会出现的问题和初步治疗计划，可这一切的前提是老人能接受现实。我能看出，他还要一些时间才能接受自己当下的状态。我最不愿看到的是，时间也无法让老人接受现实，只会让他在时间的洪流中逐渐迷失自我。痴呆症患者，特别是认知能力受损的初期患者，会在确诊痴呆症后受到极大冲击。有些人会重振精神，面对现实，按部就班地接受治疗。可更常见的是患者当场大发雷霆，说早上起床还能自己吃饭，生活完全自理，怎么可能是痴呆，说完夺门而出。家属把劝说患者接受治疗的期望全部放在专业医生身上，可面对那些连医院大门都不进的患者，我们也没有让他们回心转意的魔法。是否接受治疗的选择权在患者自己手上。

值得注意的是，一开始看起来十分顽固的患者并不是绝对不会改变。从这些患者逐步转变的经验来看，他们的变化并非来自特别的医学说明、巧妙的说服或者强迫他们吃下去的药，而是患者在接受疾病前，先接受了我和他们的关系，这是变化发出的第一个信号。在这一点上，除了患者自己主动接受，其他人无法强制。患者家属和医生唯一能做的事情就是时刻注意患者对医患关系的认知转变，千万不要错过这个瞬间，要及时向他们伸出援手。

不出所料，在预约好的第二次门诊时间并没有看到老人的身影，而是由家属向我转述老人的近况。确诊后，老人开始剧烈运动，一天在小区里锻炼三个多小时，每天都大汗淋漓。第三次的预约时间到了，老人依然没来，还是家属代为说明。家属担心老人不接受专业治疗，痴呆症会恶化，他们问我有什么办法可以把老人带来医院。可老人自己不主动，旁人根本无能为力，只能干着急。

话虽如此，但老人确诊后的表现让我看到了希望。他清楚地知道自己能做什么，不能做什么，并专注于自己能做的事情。接受痴呆症是老人绝对不可能做出的选择。但他并没有因此放弃自己，而是不停地让自己动起来。这不仅是他证明自己身体健康的方法，也是自己目前阶段能做好的事情。

患者家属需要耐心。站在家属的立场上，必然会担心不快点服药会错失良机，导致症状进一步恶化。但是，这件事是不可以强求的。家属应该尽可能保持平常心，让患者按自己的状态做出选择。例如，这个故事中老人的家属，他们会代替老人定期到医院"汇报"。老人嫌他们做无用功，但他们就当听不见，坚持到医院告诉我老人的状态、日常生活情况和作为患者家属的不安。偶尔他们也会大声回一句："我想去就去，您别管。"更多的时候，他们会给积极运动的老人加油打气，并告诉他医生也在给他助威。

我作为主治医生，做现在能做的事情也非常重要。首先是安抚患者家属和我自己的焦虑，鼓励彼此坚持下去。早一两个月或是晚一两个月吃药其实差别不大，比起快点用药，更重要的是等待老人接受自己的状态，根据老人的身体状况制订治疗计划。我会通过家属提供的信息判断老人的痴呆症状是否恶化，并等待他回心转意的那一天。

我们在生活中遇到的问题就像一块块拼图，零散到看不出整体图案。在拼凑过程中，会经历错误，也会有不知道为什么这块拼图要放在这个位置的困惑。但就是从几块可以先确定位置的拼图开始，一块一块连接在一起，直到某一刻，完成整幅作品。就像老人、他的家人和我一样，我们都在自己的领域付出努力，有一天，我们的努力一定可以汇合到一起。

几个月后，老人再次和家人一起出现在诊室。家属成功说服老人重新接受检查，看看这段时间的努力是否有成效。他们告诉老人上次的结果不一定准确，又或者情况有所好转也说不定。意想不到的是，老人这次同意得很干脆。第一步变化开始了，当然，并不是说老人就承认自己患有痴呆症。就像第一次见面时一样，他对自己记忆力的问题只字不提，还是不肯承认自己的状态，也正是从那时开始，他开始关心我的脸色，成了我的主治医生。

老人每次来医院只担心我，他的这种态度可能是无法承认自己的缺陷，并在极力否认，也可能是一种无意识的防御机制，即通过转换患者与医生的立场，感受自己的健全。我没有直接问过他是否接受患有痴呆症这件事，所以不知道他的真正想法。我有意不去触及这个问题，不是我不关心，而是我珍惜老人好不容易向我抛出的橄榄枝。不说不代表逃避问题。这位老人看重的不是自己有没有痴呆症，而是对方是否能把自己放在同等地位，尊重自己。由此可见，与其亲口问他是否承认自己有痴呆症，不如通过行为方式的改变揣测老人的心理变化。我认为这是我维持与老人之间关系的核心所在。

第一次开处方药对我来说很重要，因为这不仅是必经的治疗过程，也是可以确认老人真实想法的时刻。我不知道他是否依然不愿承认自己的病情。那天，我和老人说了很多。"您不要觉得这是药，把它当作保健品就行。就一片，吃起来很方便的。"面对我的说明，老人始终保持沉默，只是直愣愣地盯着我的脸，仅此而已。老人用低沉的嗓音说下次见，然后就走出了诊室。我担心他拒绝服药，但事实上这样的事情并没有发生。回到家后，他告诉朋友自己吃的是护脑药。

我没有对老人采取任何特殊方式。老人自己也知道，他担心我的健康，但没有用任何科学的医学知识照顾我。无论是他，还是我，都没有捅破这层窗户纸，我们的心里都很清楚对方最看重的是什么。老人在接受疾病前，先接受了我和他的关系，这是我们彼此熟悉的过程。

老人现在每月来一次诊室，看我过得好不好。虽然从来不会从他的嘴里先听到"药"这个字，但他一直很注重自己的健康。他坚持运动，甚至有的时候会让家人担心他的身体是否吃得消。到医院炫耀自己有多健康也成了他的一项日常。到现在我也没有问过他是否接受了自己的病情，但他不说，我也知道。彼此的生活产生交集，相互熟知，这真是一种神奇的体验。

用凤仙花染指甲的幸福

老爷爷最初住院的原因不是痴呆症,而是酒精依赖症。从年轻时开始,他一周有四五天都是在酒桌上度过的。就这样过了一辈子,后来患上了脑卒中,又突发心梗,九死一生。体力逐渐衰弱的老人依然没有放弃喝酒。酒精产生的力气无处发泄,他就折磨家人。一天,老人酒醒后,发现妻子和子女都不见了。他说自己永远也忘不了那一刻的空虚感。

住院后,老人经常抱怨身体不舒服。"我肚子疼""我头晕""今天浑身没劲啊",他总是一副病恹恹的样子,但很少有人来看他。大部分时间,他都是一个人待在病房里。出院后的一次门诊检查,老人被诊断为老年痴呆症,家属并没有为此感到意外,他们认为这是酒精掏空老人身体后的必然结果。最不愿看到的事情还是发生了,我作为主治医生，对老人的未来充满担忧，接下来的路只会更加艰难，我不知道他能否应对。被孤独包围的老人如果到达极限，就会像被海浪冲垮的沙堡一样轰然倒塌。

老人走进诊室，两只手的十根手指涂满了深色的凤仙花汁。仔细一看，不仅是手指甲，就连手指的前两个指节也被染红。老人的身材消瘦，头发剃得很短，让他原本就不大的头看上去更小了。两只黑黢黢的手涂上凤仙花汁，让我想到了电影《彩虹老人院》中男扮女装的老爷爷。这种感觉很微妙。身为主治医生，我的第一反应是他的痴呆症恶化了。其实，染凤仙花指甲是件很平常的事情，但如果患者突然做出前所未有的行为，医生就不得不合理怀疑有病情恶化的可能性。痴呆症是一种退行性疾病，随着病情的不断加重，多数患者会做出不合理的奇怪行为或是性行为。

"老人家，您这是什么？染凤仙花了吗？"

"啊，你说这个啊？"

"是啊，突然看到这个，吓我一跳。您为什么要染这个？"

"染个凤仙花还有什么为什么不为什么。多漂亮啊。你好好看看，是不是染得特好？"

老人笑着把双手伸到我面前炫耀起来，仿佛在等待我的夸奖。他把手翻来覆去展示自己的成果，全然不顾其他。我只是静静地看着他，老人见我没有露出期待的反应，开口问道：

"怎么，很奇怪吗？"

我怕自己表现得过于担心会让老人心里不舒服，于是摇了摇头：

"没有，我是第一次见您精心打扮。真的很漂亮。"

"医生您也试试。以前男孩子也都涂凤仙花汁的。村子里的大姐姐会把孩子们召集在一起，用石头把花和叶子捣烂，然后挨个给孩子们涂指甲。那时候男孩子们不喜欢这些，会跑得远远的。现在看来，还真是好看啊。小时候我妈告诉我，男孩子涂这个会没有小鸡鸡……"

起初我担心是痴呆症状加重，但看见老人充满活力的样子，我改变了想法。我从未在老人的脸上看到过如此幸福的表情。以前，他被怨恨和身心的苦痛蚕食，整天窝在病房里抱怨自己浑身不舒服。可现在，坐在我眼前的老人在向我炫耀他的凤仙花指甲，沉浸在自己的幸福世界里。

"老人家，听说这个只要能坚持到初雪，就能实现爱情。您这是想恋爱了吗，还是说您已经有爱人了？是不是爱人给您染的？"

"要真是那样该多好啊！我可不能让这个掉了。医生您也和我一起染!"

微小而确实的幸福,即"小确幸"。这个词来源于村上春树。他在自己的随笔集《兰格汉斯岛的午后》中将收集男士内裤的爱好称为"微小而确实的幸福"。令他感到满足的不是未来充满变数的梦想或目标,而是当下,这是一种享受眼下确实幸福感的态度。

就业和买房两大难题改变了韩国MZ世代[1]的消费习惯,他们开始为自己花钱,一切只为满足自己的兴趣,让自己开心,这种消费趋势被称为"小确幸"。人们失去了对"大幸福"的希望,转而追求"小幸福"。但是,这与茫然接受自身不幸的消极选择不同。即使整个世界让我感到痛苦,我也要寻找隐藏在其中的个人幸福,这是对世界的小小反抗,也是对疲惫的自己的一种关照。

说来神奇,当下年轻人经历的丧失之痛,与因罹患痴呆症而失去全部生活的老人面对的现实如出一辙。周围人充满担忧的眼神、由此产生的心理距离感和孤独感,这一切正是老年痴呆症患者经历的。老人看着自己染着凤仙花汁的指甲,露出孩童般的纯真笑容,这个场景让我看到了

---

[1] MZ世代:千禧世代和Z世代的统称。——译者注

被痴呆症这把枷锁困住的患者也可以不顾他人视线，找到可以让自己享受当下的小确幸。有些人的小确幸是一个月与孙子孙女一起吃一顿饭，有些人的小确幸是用小花盆养点花花草草。有一位老爷爷只要喝一杯甜甜的速溶咖啡就会感觉很幸福，还有一位老奶奶，将毛巾叠得整整齐齐会让她的内心得到放松。也许，小确幸是我们在痛苦现实中可以选择的最有人情味、最舒畅的生活方式。

现在，老人不再纠结于过去，而是努力生活在当下。他会告诉我自己在日间照料中心与其他老人一起活动的情况，还有那里的老师对他们有多好。如果要找出最明显的一点变化，那就是经常可以从老爷爷的口中听到"托福"这两个字。走进诊室，他会对护工说："托福托福，谢谢你们啦。"离开诊室时，他会对我说："托医生的福，我现在过得很好。"一直到关门的那一刻，仍在重复这句话。

在指甲上染漂亮的凤仙花汁，这样的老人让我意识到，活出自我并不需要多么宏伟的方式。再微不足道的事情只要和原有生活产生连接，都会让年迈的老年痴呆症患者得到为自己而活的满足感。今天，我也要以老人为榜样，用一杯香浓的速溶咖啡来创造自己的小确幸。

失去前
遗忘的人

妈妈失踪已经一周了。

在阅读作家申京淑的《请照顾好我妈妈》这本书时，我数度哽咽。患有痴呆症的年迈母亲受子女邀请来首尔过生日。在首尔的地铁站，母亲与父亲走散后，不见踪影。家人们陷入了沉重的痛苦和自责之中。

> 关于用妈妈哪张照片，意见又出现了分歧。尽管大家都同意应该用近照，然而谁也没有妈妈最新的照片。你想起来了，不知从什么时候开始，妈妈开始讨厌照相。
>
> ——申京淑，《请照顾好我妈妈》

这一段是小说，却又不像小说的描写。就像一位批评家对这部作品的评价，在母亲"走失"前，大家都处于"遗忘"母亲的过程。向警察申报失踪，需要母亲的照片，可一家人竟然没有一个人有母亲的近照。这种情况在老年痴呆症患者失踪后并不罕见，患者家属总是在老人真的失踪后，才会感受到这种绝望和惊慌。

2017年，韩国失踪的老年痴呆症患者数量已经突破10000人。2018年有12124名痴呆老人失踪后被发现，有128人死亡。老年痴呆症患者失踪后，周围人无一不质问家属为什么没有陪在老人身边，而这种责难并非他们经受的唯一痛苦。他们曾希望痛苦的现实可以暂且从他们眼前消失，希望现实能够放过自己，而这一切隐藏在心底的期望在这一刻全部暴露在眼前。惭愧、自责，还有对造成这一局面的痴呆老人的愤怒，复杂的情绪交织在一起。有痴呆老人走失经历的家庭都会以此为契机，积极考虑是否让老人入住疗养院或疗养医院等照护机构。这成了解决患者走失问题的唯一选择，实在令人唏嘘。

在街上徘徊后失踪不只是个人问题，绝对需要社会关注。如同心脏停搏、脑卒中治疗有黄金时间，寻找失踪的老年痴呆症患者同样有黄金时间——二十四小时。超过二十四小时，找到他们的概率就会直线下降。只有提前做好准备才能充分利用这短暂的二十四小时：第一，六十周岁以上老年痴呆症患者的失踪风险较高，要提前在他们的衣服上缝上可以确认身份的身份卡；第二，给患者佩戴徘徊感应器（GPS型、腕带型）；第三，到警察局登记指纹。

随着徘徊感应器技术的发达，近期又研发出新的装置。比如，韩国京畿道的某痴呆症安心中心正在开展痴呆症特色事业，在鞋底安装芯片，感应患者的徘徊行为。各大通信运营商与政府合作，致力在生活中为痴呆症患者构建事物识别系统。当然，目前因为老人不能自主管理、佩戴设备，经常会出现运行错误，但我坚信，这种尝试一定会给老年痴呆症患者走失问题带来积极影响。

在技术高度发展和成功构建社会系统前，我们首先要提高自我意识，思考到底应该对痴呆症患者的四处徘徊持何种态度。技术再发达，如果不能理解痴呆症患者的徘徊，这方面依然会有局限性。截至2018年，作为必要装置的GPS设备的发放率只有2.7%，这一数据值得我们深思。我们应当在理解徘徊的基础上，寻求改善点，或是探寻新的方法。

加重徘徊现象的原因数不胜数，比如便秘、单纯的无聊，或是幻听等严重的精神病症状。所以，改善徘徊问题的方法并没有固定模式。对于幻听、焦虑导致的原因明确的徘徊，可以通过药物治疗缓解。可惜的是，这种情况并不多见。大部分情况十分复杂，很难深究其原因。另一方面，徘徊有的时候不单单是一种症状，更像是一种需求，是等同于食欲、性欲、睡觉需求的本能、欲望。

单纯从症状角度看待徘徊，需要找准原因，纠正错误。而从欲望的角度出发，无须深究准确的病因，重点是如何缓解徘徊现象。解决食欲的方法是什么？能靠用心宽慰解决吗？能靠吃药解决吗？不能。必须先吃饭。睡觉需求也不例外。虽然可以靠喝一杯浓咖啡或是吃刺激神经的药物瞬间赶走睡意，但效果只是暂时的。只有睡觉才能真正满足睡眠需求。从非症状的欲望角度出发，应该如何应对徘徊呢？徘徊的解决办法就是"应该徘徊"。

原来，人们产生焦虑不安等不适情绪，或是被无法忍受的倦怠蚕食时，会通过有节奏地活动身体或走路的方式舒缓情绪。至少在散步的过程中，我们可以暂时脱离无法解决的现实或苦恼，将关注的焦点完全放在自己身上。无数哲学家歌颂散步行为，也许正是因为通过散步行为可以获得内心安宁吧。法国哲学家加布里埃尔·马塞尔将人类称为"旅人"，即本质上一直走在路上的人。

从现实病例可以看出，如果痴呆症患者的徘徊不会导致失踪，也不会对周围人造成困扰的话，适当的徘徊有助于当天的睡眠，并且可以缓解焦虑，提高食欲。一味地阻止他们徘徊反而会激发他们的攻击反应，加重他们的焦虑症状。好了，现在让我们换一个问题。应该如何徘徊呢？核心是"安全地"徘徊。

德国德累斯顿工业大学教授格辛·马勒库尔特于2011年发表的研究报告指出，四类空间因素可以帮助痴呆症患者安全地寻找道路。单纯直观的环境（避免要通过文字或者一系列分析才能掌握的环境）、一目了然的结构、避免有选择的环境，以及提供有助于掌握位置的线索的环境（家具、独特建筑）等。

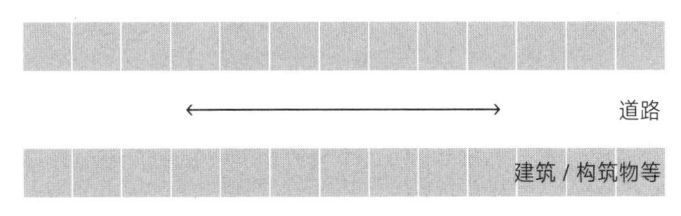

直线循环结构

在直线循环结构、L字形直角结构、院子中的四角结构等不同结构的道路中，能为痴呆症患者提供安全徘徊环境的是直线循环结构道路。如果家属想要和痴呆症患者一起散步，满足他们的徘徊需求，最好选择直线循环结构道路。这种结构的道路可能不是最快的，但一定是最安全的。就算绕远路，只要把符合上述条件的道路作为目的地，多加练习，就可以降低痴呆症患者的认知负担，让他们安全地在道路上徘徊。即使在这种结构的路段失踪，患者也更容易被找到。

徘徊不是要绝对制止的症状，我们应当把它视为一种需求，寻找缓解徘徊需求的方法。在这方面，日本有地域综合照护，韩国正在尝试建立痴呆症安心村，利用可以为老年痴呆症患者提供切实帮助的社区资源建立联络网，加强管理。这种尝试可以为老年痴呆症患者融入社区生活奠定基础，让老人走出疗养机构。正因如此，尽管目前还存在种种限制，但仍要继续尝试。

对于如何让痴呆症患者安全地在道路上徘徊，这个问题需要家庭、社区、专家集思广益，共同发力。为了让那些因曾经在路上徘徊而被迫入住疗养机构的老年痴呆症患者重回社区怀抱，我们一起迈出这宝贵的第一步吧。

后记

如此耀眼

我经常受邀演讲。"韩国已经进入超高龄社会,据推测,截至2017年,六十五岁以上老年人口中约有七十万名老年痴呆症患者,痴呆症平均发病率高达10.0%……"我想用数字和医学常识揭露我们应该关注痴呆症问题的原因,但讲到这里,多半听众已经处于半梦半醒的状态了。痴呆症患者家属正身处其中,不谙世事的年轻人认为痴呆症离自己很远。更重要的是,所有人对痴呆症的结论是如此相似:

"一旦确诊,这辈子就完了。"

就像过去被称为"癞病"的麻风病,患者会被强制与社会隔离。另外还有艾滋病患者,社会对这种病症的偏见出奇的一致,都认为只要接触就会被传染。痴呆症同样被赋予了社会烙印。将痴呆症与傻画等号就是我们对痴呆症最常见的偏见之一。特别是选举时期，政党之间为了相互毁谤，就会指责对方是老年痴呆。鉴于痴呆症一词包含的贬义，近期学界一直在努力推进更改病名，计划将其改为"认知症""认知低下症"等。但就连社会领导层都对此不以为意，不免令人失望。

就个体而言，痴呆症患者的悲哀在于所有人面对他们就像对待一个濒死之人。我不是不知道痴呆症患者及其家属经历的苦有多么悲痛，我自己也会在痴呆症患者身边感受到深深的无助。但是，我们不要忘记，痴呆症患者也是受伤会疼、渴望温暖的人。如果我们把所有奇怪的行为和话语都断定为痴呆症状，而忽略了隐藏在背后可以理解的区域，那么这些人真的会被遗忘、会消失。从这点来看，我经常对探讨老年痴呆症患者的作家、诗人和艺术家心存感激。

最近，我看了一部名为《如此耀眼》的韩剧。这是一个奇幻爱情故事，讲述了为拯救父亲的金惠子（韩智敏饰）乘坐时光机变成了老太太后发生的一连串故事。电视剧中的场景十之八九是我们经历过的现实。

这段现实以"我患有阿尔茨海默病"这句独白为开端。老人金大相（安内相饰）一直被金惠子当作父亲，其实金大相是她的儿子。而欺负她的小混混们是疗养医院的医生，在福利中心认识的朋友是住在同一疗养医院的患者。阿尔茨海默病让生活孤单艰辛的金惠子停留在了自己最幸福的二十五岁。

年轻的金惠子承受着生活的苦痛和重担，我们作为旁观者，看着记忆停留在二十五岁的阿尔茨海默病患者金惠子，除了叹息，似乎还产生了一些别样的情愫。不知从什么时候开始，金惠子经历的妄想和幻觉成了她艰辛生活最后的避风港。

当然，这只是电视剧，必然有不合常理的地方。比如，痴呆症患者的生活不是与现实完全隔离的，他们不会一头栽进幻觉与妄想的世界，而且幻觉和妄想的内容也不一定都是美好的时光。大脑边缘系统记住的是感情，而不是插画式记忆。与积极的情感相比，边缘系统更容易记住那些引发创伤的负面情绪，只有这样，大脑才能时刻为生存而战。正因如此，痴呆症患者的妄想多基于被他人欺负的负面情绪，从而形成被害妄想。

但是，韩剧《如此耀眼》为什么会感动了包括我在内的无数观众呢？这个问题值得深思。和其他有痴呆症患者登场的电视剧不同，这部剧并不是单纯刻画患者家属悲惨的生活，或是痴呆症患者的异常行为，在这里，痴呆症患者不是令人害怕的对象。电视剧没有刻意刺激观众的恐惧心理，而是把观众的视线集中在患者的情感、内心和他们创造的世界之中。简单来说就是，这部剧没有把痴呆症当作一种可怕的疾病，而是重点展现了患者人性化的一面。如果我们深入观察这些患者的生活，会发现他们虽与现实隔离，但他们创造的世界也可以作为生活的一部分，观众为此而感动。

停留在痴呆症造成的恐惧上并不难，难的是持续关注他们创造出来的世界。这就和理解一幅与现实毫无关联、晦涩难懂的画作一样。想象一下，你现在正在欣赏法国画家亨利·马蒂斯的作品《伊卡洛斯》，很多欣赏《伊卡洛斯》的人都会被问一个问题："画中的伊卡洛斯是从高空坠落还是正飞向高空？"

众所周知，伊卡洛斯用融掉的蜡油将鸟的羽毛粘在自己身上做成翅膀，他靠这双翅膀成功飞出了迷宫，后来他抑制不住心中飞向太阳的强烈欲望，离太阳越来越近，结果蜡做的翅膀融化，伊卡洛斯从空中跌落丧生。伊卡洛斯因为自己过度的欲望而引发悲剧，我一直记得这则神话故事意在告诫我们，人不能产生过度的欲望。根据神话内容，画中的伊卡洛斯应该是在坠落。可如果我们不从标题判断这幅画,而是在了解画家亨利·马蒂斯以后再看这幅画,一定会有不同的见解。

上了年纪的马蒂斯不仅身患癌症,还有严重的关节炎,疾病使他失去了握笔的能力。可他并没有陷入绝望,而是用剪子和彩纸代替画笔,继续释放他对创作的热情。就是在这种情况下,他创作了《伊卡洛斯》。蓝天、拥有红色心脏的黑色伊卡洛斯和正在飘落的黄色羽毛,简单而又强烈。理解了作者马蒂斯的心,就会觉得画中的伊卡洛斯不是在坠落,而是在向天空飞翔。在死亡面前,伊卡洛斯变成一团黑影,而他体内仍然有一颗鲜红的心脏在有力跳动,在心脏停止跳动前,他不会坠落。此时此刻的伊卡洛斯正在飞翔。

在了解马蒂斯的人生后,我们在他的作品《伊卡洛斯》中看到了苦痛中依然想要坚守的热情。同样,如果可以理解隐藏在症状背后的痴呆症患者的人生和意义,就会发现他们仍在呼吸,依然活在我们身边。我们应该连接痴呆症患者的生活与现实,而不是对他们抱以单纯的怜悯和理解。

即便无法治愈,也可以一起生活。我们的使命就是通过解释让周围人理解痴呆症患者不放弃的情感和行为,安慰他们焦虑的内心，帮助他们与爱人一起生活。简言之，把他们创造的现实与我们生活的现实连接起来。

每个人的生活其实没有什么不同，有悲伤，有快乐，有后悔，也有恍惚。我们必须铭记一点，老年痴呆症患者不是风中残烛，更不是住在疗养院里等死的存在。仔细观察他们那些奇怪、难以理解的行为，反而可以发现他们不曾向我们展示的真实一面，还有我们曾经那么渴望看见，却被我们遗忘的面庞。闭着眼睛躺在床上不是他们所愿，我希望大家记住的是他们变成孩子后，依然生活在家人身边的样子。

标题分格
标题前 07